我的第一本
印尼語課本

前言

　　以觀光地－峇里島泡麵為台灣人所熟知的印尼，與台灣的經濟及文化上的交流都越來越活絡。

　　1971年台灣和印尼的外交關係確立以來，與印尼的貿易量不斷地增加。如今，印尼已經成為我們國家的十五大輸出國之一（印尼排第14）。擁有豐富的石油、天然瓦斯、煤炭、礦物等天然資源的印尼，吸引了許多台灣企業進駐；在東南亞國家中，印尼也可說是台灣企業的商業活動，發展最成功的國家。

　　兩國之間的人力交流也非常的活躍，在印尼居住的台灣人（包括台商和技術人員）大約有7,000人，而在台灣居住的印尼勞動者大約有16,000人，若包含每年不斷增加的印尼籍留學生數，可以看出在台灣居住的印尼人數增加的情形。對印尼的關注及印尼語的必要性也不斷地提高。

　　本書的作者，以自身在大學、研究所學習印尼語，及在印尼當地學習印尼語的經驗為基礎，編寫成能夠在從零基礎開始，就能輕鬆有趣學習印尼語的教材。

　　希望讓每位讀者都能夠用本書達到輕鬆且有趣的學習效果；並透過本書，能夠和印尼人們有更深的溝通，締結彼此的友誼且加深大家對印尼的了解。

　　最後，我要向在繁忙之中，仍然給予我許多幫助，負責監修這本書的 Yulius William 致上我的謝意。

Lee Joo Yeon

輕鬆、有趣又實用好學的
第一本最讚的**印尼語學習書**

本書特色

發音

印尼語的字母、發音結構是只要會基本概念，看到字面就會唸！但本書本單元仍貼心地將每個字音詳細說明，幫助你記住每個發音。

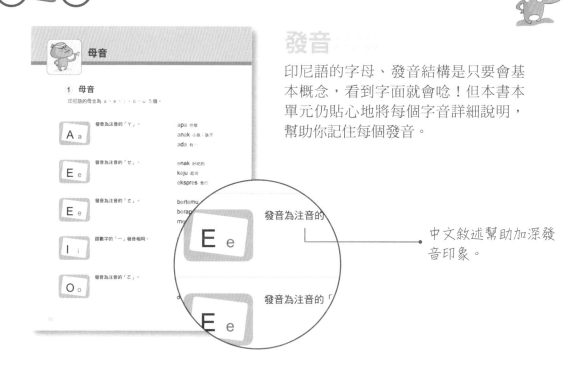

中文敘述幫助加深發音印象。

會話

學會「見面、打招呼、道歉、感謝等」時的溝通基本用語，馬上打開印尼語話匣子。

句子的重點處都有中文詳細說明。

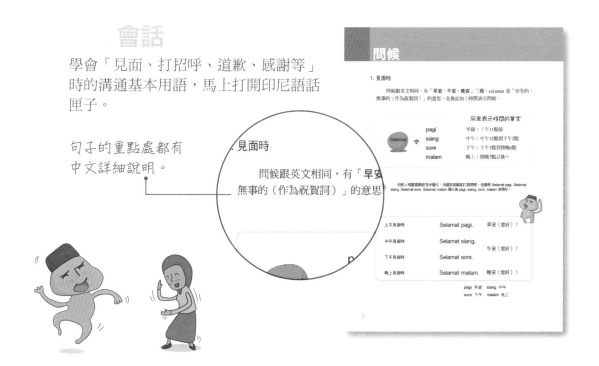

課文內容

充滿穆斯林風彩的17個課程，你可以在這裡將印尼語的會話、文法，一網打盡。

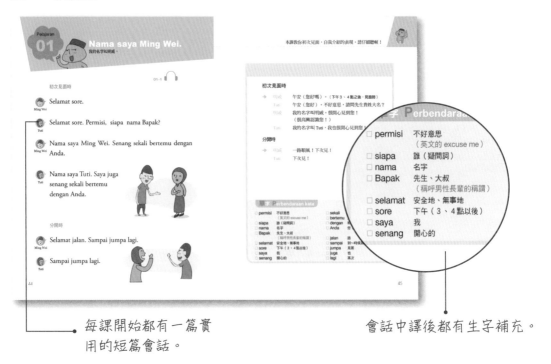

每課開始都有一篇實用的短篇會話。

會話中譯後都有生字補充。

基礎文法解說中，當課出現的文法皆有相關解說。不時出現整理清楚的表格，極助於印尼語的學習。

每課的「跟著一起唸在印尼也會通的對話」單元都準備不少慣用句及印尼語會話表達重點。

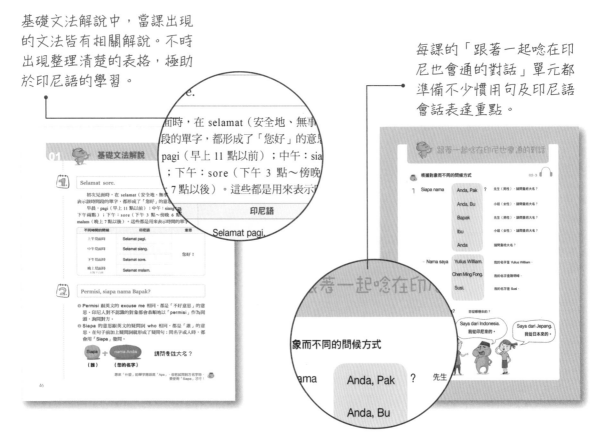

插畫式的印尼文化介紹，唸起來輕鬆、有趣又無負擔，帶你發現不一樣的印尼。

附錄附有印尼文口語表現、從中文查印尼文的單字對照表，方便好查，可以快速記住生活必用的印尼口語會話及單字用語。

MP3片裡可以跟著正確的的印尼語聲調，在不急不徐的速度下練習，學到正確的印尼語。

在了解本書的優點之後，請一起進入有趣的印尼語學習世界吧！

| 目次 |

發音 … 11

基本文法 … 21

基本會話 … 27

課文 … 43

印尼語概念

　　由許多大大小小的島嶼及超過300種種族所組合的印度尼西亞，有超過500多種以上的方言。印尼的國語為印尼語bahasa Indonesia。印尼語和從以前就以麻六甲海峽地區進行貿易時，所使用的馬來語非常相似。

多民族與語言

　　由無數島嶼的地理條件所立國的印尼，是由爪哇族、巽達族、巴達克族、亞齊族等300多種種族所構成的多民族國家。以各種族的文化為基礎，每個種族仍保有屬於自己的方言及習慣。其中，以爪哇族的人口占比達到了45%。

爪哇族的族人，70%都居住於爪哇島上，使用爪哇語。

另外，爪哇語的用語會隨著地位、年齡、親近的程度而有所改變。

巽達族主要居住於爪哇島的西部，使用巽達語。印尼的民族結構中，以這兩族族民人數佔多數。大部分都信仰伊斯蘭教。

在印尼，巴達克族仍維持著嚴格的父系中心的大家庭制度的部族；大部分居住在亞齊，或是蘇門答臘島的北方。

讓我吃一口就好～

不要

這是我的

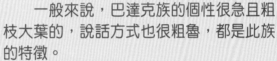

一般來說，巴達克族的個性很急且粗枝大葉的，說話方式也很粗魯，都是此族的特徵。

竟敢不給我～

啪

嗚～

巴達克族擁有「朝陽」般的性格，性情上來說，他們通常事情過了就算了，比較不會把事情放在心上（記恨）。

像這樣子，由無數的島嶼跟種族所形成的印度尼西亞，正努力以國家意識形態的方式，將彼此不同的民族融合在一起，形成一個統一的國家。

這個就稱為 Bhineka Tunggal Ika，即為多元同體。

大家都是同胞嘛～

是…是啊!!

為了推翻荷蘭殖民、為了獨立，而在推行民族主義運動時期的1928年10月27號、28號，為期兩天的印度尼西亞青年會議 Sumpah Pemuda 中，決議出將印尼語定為印尼正式的官方語言。

而在這場會議中，印尼的青年男女宣示了「印尼民族為單一民族，印尼語為統一使用的語言」的宣言。

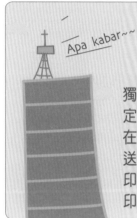

印尼脫離荷蘭獨立後，將印尼語定為國語，不管是在出版、節目放送、媒體上都使用印尼語，以便普及印尼語。

那麼方言都不再使用了嗎？

這倒沒有，印尼人仍然經常使用方言，雖然各個地方的教育都是以印尼語授課；但是在日常生活中，人們還是會使用方言來溝通。

華人 在現今的印尼社會中的地位

在印尼，華人雖然只占了3%，但他們卻有不錯的經濟能力。

當然，印尼人當中也有經濟能力高的人，反之華人當中也有比較窮困的人；但是，印尼的大型商場、高級餐廳、百貨公司、大企業等，大部分都是華人所屬的。

發音

印尼語是使用英文的羅馬字母標記，由子音21個、母音5個，共26個
羅馬字母所構成。文字和發音都相當簡單，發音用羅馬字標記。另外，
印尼語則沒有聲調的差異。

就讓我們跟著MP3，一
起從發音學習吧！

印尼文字母

印尼文字是使用英文的羅馬字母標記，由子音21個、母音5個，共26個羅馬字母所構成，發音用羅馬字標記。

字母	發音
A a	a
B b	be
C c	ce
D d	de
E e	e
F f	ef
G g	ge

字母	發音
H h	ha
I i	i
J j	je
K k	ka
L l	el
M m	em
N n	en

另外，印尼語沒有聲調的差異。

字母	發音
O o	o
P p	pe
Q q	ki
R r	er
S s	es
T t	te
U u	u

字母	發音
V v	fe
W w	we
X x	eks
Y y	ye
Z z	jet

那繼續往下學吧～

母音

1 單母音

印尼語的母音為 a、e、i、o、u 5 個。

00-02

發音為注音的「ㄚ」。

* apa 什麼
* anak 小孩；孩子
* ada 有…

發音為注音的「ㄝ」。

* enak 好吃的
* keju 起司
* ekspres 急行

發音為注音的「ㄜ」。

* bertemu 見面
* berapa 多少？
* mengenai 關於

跟數字的「一」發音相同。

* ini 這個
* itu 那個
* ikan 生鮮

發音為注音的「ㄛ」。

* orang 人
* obat 藥
* dokter 醫生

U u　　發音為注音的「ㄨ」。

* ubi 地瓜
* ukuran 尺寸
* susu 牛奶

2　複合母音

印尼語中有三個複合母音，分別為 ai、au、oi。

　00-03

ai　　用注音發音為「ㄚㄧ」。

* sungai 江河
* pakai 穿上（衣服等）、用

au　　用注音發音為「ㄚㄨ」。

* kalau 萬一…的話
* saudara ～君
  （稱呼男士時的稱謂）

oi　　發音為注音的「ㄛㄧ」。

* oi! 啊～（感嘆詞）

子音

1 單子音

印尼語的子音有21個。

00-04

B b 	放在字首時，發音跟注音的「ㄅ」相近（B 發的比較輕）。	＊ baju 衣服 ＊ babi 豬 ＊ jilbab 穆斯林女性為了掩藏頭部，所圍的絲巾。
C c 	發音為注音「ㄐ」＋「ㄝ」結合一起。	＊ capai 疲憊的 ＊ cari 尋找 ＊ cabai 辣椒
D d 	發音為注音的「ㄉ」（D 發的比較輕）。	＊ dari ～從…的時候開始 ＊ duduk 坐 ＊ murid 學生
F f 	跟英文 F 的發音相似。	＊ faktur 請款單、發票 ＊ film 電影、底片 ＊ maaf 對不起
G g 	發音為注音的「ㄍ」＋「ㄝ」結合一起。	＊ garis 線 ＊ gado-gado 印尼沙拉

H h	注音發音為「ㄏ」+「ㄚ」=「ㄏㄚ」的音，但當 h 放在字尾時，仍然會發音，只是不容易聽到。	＊ hari 日、天 ＊ hitam 黑的 ＊ jatuh 掉落
J j	發音為注音的「ㄐ」+「ㄝ」結合，與 C 的不同是 J 發的比較長。	＊ jam 時間 ＊ jalan 路
K k	發音為注音的「ㄍ」+「ㄚ」結合在一起，K 作尾音時發短音。	＊ kacang 豆子 ＊ kacamata 眼鏡 ＊ kakek 爺爺
L l	跟英文的 L 發音相似。	＊ lagu 歌曲 ＊ boleh 可能…
M m	跟英文的 M 發音相似。	＊ makan 吃 ＊ nama 名字
N n	跟英文的 N 發音相似。	＊ nanti 下次 ＊ ini 這個

發音跟注音的「ㄅ」相似；若放在音節字尾，則發短音。

* pagi 早晨
* Bapak ～先生（英文的Mr.）
* tutup 關上

發音為注音的「ㄍ」+「一」的結合。

* Quran 伊斯蘭教經典

發音跟注音的「ㄌ」相近，若放在字尾發音時，舌頭要稍微振動。

* raja 國王
* bakar 烘烤
* parkir 停車

發音為注音的「ㄙ」。

* saya 我
* susah 困難
* nasi 米飯

發音近似於注音的「ㄉ」。

* teh 茶
* tadi 剛才

不像英文的 V，是完整的發音。而是聽起來也有點像 F 的發音；因此，在發 V 的音時，要多加點氣音在裡面。

* valuta 幣值
* variasi 變動

 發音跟中文的「哇」相似。

* waktu 時間、時候
* wangi 香氣

 跟英文的 X 發音相同。

* X-ray X光

 發音跟中文的「耶」相似。

* Yanto 印尼男子名
* ya 是、對（回答時）

 跟英文的 Z 發音相同。

* zaman 時代

2 複合子音

印尼語中有4個複合子音：kh、ng、ny、sy

 00-05

 若用注音發音的話，介於「ㄎ」和「ㄏ」的中間，近似於「ㄍ」的音。

* akhir 最後

| ng | 發音跟注音的「ㄥ」相似。 | * uang 錢
* nggak 不是 |

| ny | 根據所接的母音，會有不同的發音。但都近似於「ㄋ」的音。 | * nyamuk 蚊子
* tanya 詢問 |

| sy | 根據所接的母音，會用不同的發音，近似於注音的「ㄙ」+「一ㄚ」的音。 | * masyarakat 社會
* syarat 條件
* syukur 對神表示敬意 |

▶ 重音

　　印尼語的發音中，重音和語調並不太重要：這是因為印尼語不會根據發音強弱而改變句子的意思。只是，大體來說，若是由兩個音節所組成的單字，第二個音節的發音都會比第一音節重。

基本文法

本文開始前，先來了解印尼語的基礎文法事項吧！

這樣就能完全征服印尼語！！

基本文法

基本文法

英文語順 ≒ 印尼語語順

01 陳述句

　　印尼語的基礎句型跟英文相似，為「**主詞＋動詞＋目的語／補語**」。且印尼語不用根據性別或是時間改變動詞的用法，因此，學起來比其他語言都要簡單。

❶ 主詞 S ＋ 動詞 V ＋ 目的語 O

| I | ＋ | eat | ＋ | rice. | 英語（主詞＋動詞＋目的語） |
| 我 | | 吃 | | 飯 | |

| Saya | ＋ | makan | ＋ | nasi. | 印尼語（主詞＋動詞＋目的語） |
| 我 | | 吃 | | 飯 | |

| 我 | ＋ | 吃 | ＋ | 飯 | 中文（主詞＋敘述語（動詞）＋目的語） |

❷ 主詞 S ＋ 動詞 V ＋ 補語

| I | ＋ | am | ＋ | a student. | 英文(主詞＋動詞＋補語) |
| 我 | | 是 | | 學生 | |

↖ 單字字尾的h發音不明顯。

| Saya | ＋ | adalah | ＋ | pelajar. | 印尼語（主詞＋動詞＋補語） |
| 我 | | 是 | | 學生 | |

| 我 | ＋ | 是 | ＋ | 學生 | 中文（主詞＋敘述語（動詞）＋補語） |

02 adalah 動詞的省略

與英文的 be 動詞相同，具有是…的意思。但是，印尼語的 be 動詞 adalah 跟英文不同的是，adalah 經常省略。因此，基本句型就變成「**主詞＋名詞**」的狀態。

主詞 S ＋ adalah ＋ 名詞

Ini adalah teman saya. 這位是我的朋友。	→ adalah 省略	Ini teman saya. 這個人是我的朋友。
Dia adalah orang pintar. 他（她）是個聰明的人。	→ adalah 省略	Dia orang pintar. 他（她）是個聰明的人。

* ini 這個　　dia 他（她）
* teman 朋友　orang 人
* saya 我　　pintar 聰明的

03 疑問句

疑問句只要在句子主詞前方或後方，加上疑問詞並在句子結束後加上問號，就是疑問句了。

❶ 疑問詞 ＋ 主詞 S

Apa + ini?　　這個是什麼？
什麼　這個

❷ 主詞 S ＋ 疑問詞

Itu + apa?　　那個是什麼？
那個　什麼

基本文法

③ 疑問詞 **+** 主詞 S **+** 動詞 V **+** 目的語

Kapan + dia + mimum + kopi?　　他什麼時候喝了咖啡？
何時　　他　　喝　　　咖啡

④ 主詞 S **+** 動詞 V **+** 疑問詞

Kamu + datang + dari + mana?　　你從哪裡來的？
你　　　來　　　從　　哪裡

修飾語和所有格

01 修飾語的位置

　　印尼語和中文相反，會將修飾語放在被修飾語的後面。所有格出現時，也一樣放在被修飾語的後面；但台灣人常會誤以為印尼語跟中文一樣，把修飾語放在修飾對象的前面的情況相當多，所以這一點一定要特別注意。

名詞 **+** 修飾語

buku + saya　　我的書
書　　　我的（我 kamu 的謙遜語）

buku saya	我的書	kucing saya	我的貓
書　我的		貓　我的	

02 「格」的變化

印尼語不像英文一樣有「格」的變化,但會根據所在的位置產生變化,例如英文的 I(我)、my(我的)、me(我)(受詞)在印尼語裡都是 saya。

主格 = 所有格 = 目的語

saya(我) = saya(我的) = saya(我)

主格	Saya suka Indomie. 我　喜歡　印尼泡麵	我喜歡印尼泡麵。 ＊ Indomie 印尼泡麵
所有格	Ini pacar saya 這(個人) 戀人　我的	這位是我的戀人。
目的格	Dia tidak suka saya 他　　不喜歡　　我	他不喜歡我。

複數形

當複數形的表達出現時,只要將同一單字中間加上－(連結號),就形成了複數形了。

buku	書	tas	包包
buku-buku	很多書	tas-tas	很多包包

也可以將複數型簡短標示為tas²。

基本文法

此外，利用數詞，也能用來表示名詞的個數，形成複數形。

dua orang	兩個人	tujuh orang	七個人

orang 原來是指人的意思。在算數量時，只要在前面加上數量詞，即可表達數人數。

* dua　2
tujuh　7

基本會話

印尼語中沒有所謂的敬語。但一般而言，在和長輩說話時，都會在稱呼上加上尊稱，來表達尊敬。

呼～
現在就讓我們開始學習
基本會話吧～用功！
Bahasa Indonesia！

問候

1. 見面時

問候跟英文相同，有「**早安、午安、晚安**」三種。selamat 是「安全的、無事的（作為祝賀詞）」的意思，在後面加上時間表示問候。

00-06 🎧

用來表示時間的單字

Selamat +	pagi	早晨：上午11點前
	siang	中午：中午12點到下午2點
	sore	下午：下午3點到傍晚6點
	malam	晚上：傍晚7點以後～

 印尼人相當喜歡把句子簡化，向朋友或鄰居打招呼時，也會將 Selamat pagi, Selamat siang, Selamat sore, Selamat malam 簡化為 pagi, siang, sore, malam 來問好。

上午見面時	Selamat pagi.	早安（您好）！
中午見面時	Selamat siang.	午安（您好）！
下午見面時	Selamat sore.	
晚上見面時	Selamat malam.	晚安（您好）！

＊ pagi 早晨　siang 中午
＊ sore 下午　malam 晚上

2. 問候時

Apa ＋ kabar ＋ 對方的稱謂？
～先生（小姐），最近過的如何？／您好嗎？

　　對有段時間沒見面的對象打招呼時，會以「Apa ＋ kabar」（最近過得好嗎？／您好嗎？）來詢問對方，或是直接在 Apa kabar ＋對方的名字或稱呼來問候。

00-07

| Apa kabar, Bapak? | 先生，您好嗎？ |

 Bapak 原來是指「父親」的意思，也可以用來尊稱男性的長輩。就等於英文的 Mr.。

　例- Apa kabar, Bapak Lee ? 　　　　李先生，您好嗎？

　　　 Apa kabar, Pak Putu ? 　　　　Putu 先生，您好嗎？

 Pak 是稱呼男性長輩時，所使用的用語，就等同於～先生。

※ Pak Pak 是 Bapak 的簡化語。

| Apa kabar, Ibu? | 小姐，您好？ |

 Ibu 原來是「母親」的意思，也可以用來稱呼已婚女士或女性的長輩。就等同於英文的 Mrs.。

問候

 Apa kabar,Bu Chen?　　　陳小姐，您好嗎？

Apa kabar,Bu Tuti?　　　Tuti 小姐，您好嗎？

Bu 是用來稱呼已婚女性或是女性長輩時的稱謂，有「～小姐、～女士」的意思。

＊ Bu 是 Ibu 的簡稱

Apa kabar, Yulius?	Yulius，您好嗎？

比說話人的年紀小或是與說話人的年紀相等時，則直接稱呼名字。

Apa kabar?	您好嗎？（最近過得好嗎？）
➡ Baik-baik saja.	普普通通
➡ Kabar baik.	（很）好。（正式的回應）
➡ Baik.	好
➡ Lumayan. (baik.)	馬馬虎虎囉！

 回答對方後，一般也會反問對方「Apa kabar？」，表示問候。

＊ lumayan 適當地

 印尼人們通常會跟第一次見面的對象握手。握手的那隻手會輕輕地伸出，放在自己胸前，用以表示對對方的尊敬。

3. 第一次見面時

 00-08

Saya senang sekali bertemu dengan Anda.	真的很開心見到您！

　　和初次見面的人打完招呼後，都會說「很高興見到您！」；若是直接翻譯上面的句子，是指「見到您，真的感到非常開心！」的意思。

※ senang 高興；開心　　bertemu 見面
※ sekali 非常　　dengan 跟～　　Anda 您

4. 分開時

 00-09

Selamat jalan.	一路順風！（送行時）

 selamat 有「安全地、無事地、平安地」的意思。jalan 則是「路」的意思。兩個單字加在一起後，就是「一路順風！」的意思。

Selamat tinggal.	再見！ （要分開一段時間時的情況）

 semalat 有「安全地、無事地、平安地」的意思；tinggal 是「住；留」的意思。兩者加在一起，就形成了「請好好保重！」的意思。

問候

Selamat tidur.	晚安！（睡覺前）

 selamat 有「安全地、無事地、平安地」的意思；tidur 是「睡覺」的意思。兩者加在一起，就有了「晚安」的意思。.

Sampai jumpa	再見
Sampai jumpa lagi.	下次見！（分開時）

 若是相當親近的人，也可以只說「Dada」，指的是「bye bye」的意思。

5. 其他用法

 00-10

Permisi.	不好意思！

 這句話跟英語的 Excuse me 的意思相同。要向對方詢問問題時，或是問路時，先說 Permisi，再提問題。

Tunggu sebentar.	請稍等一下！

 跟英語的 wait a minute. 相同。都是指「請稍等一下！」的意思。

感謝、道歉

1. 感謝

00-11

Terima kasih.	謝謝！
→ Terima kasih kembali.	
→ Sama-sama.	不用客氣！

這句話跟英語的 Thank you 有相同的意思，都是指「謝謝您！」。
另外 Terima kasih banyak 是更尊敬的表現，指的是「真的是太謝謝您了！」的意思。這裡的 banyak 有「很多的」意思。

Terima kasih.

Sama-sama.

2. 道歉

00-12

Maaf.	對不起！
→ Tidak apa-apa.	沒關係！

Maaf 跟英文的 sorry 相同，也可以說成 Minta maaf.。

Mohon maaf 非常抱歉！（賠罪）

「Mohon maaf」是只說「對不起」也不能解決事情時的謝罪表現；或是向長輩鄭重道歉時所使用的句子。

＊ mohon 懇求

Maaf.

Tidak apa-apa.

感謝、道歉

Tidak apa-apa. 沒關係。（這沒什麼。）

 Enggak apa-apa.

 Nggak apa-apa. 沒關係。（這沒什麼。）

口語 Gak apa-apa.

Gak 是 Enggak 和 Nggak 的簡化句。印尼人們非常喜歡將句子簡短再使用。
Enggak；nggak；gak 是 tidak 的口語表達方式。

Jangan khawatir. （請）不用擔心。

jangan 的意思是「不要～」；khawatir 是「擔心」的意思。因此，當
Jangan khawatir 合在一起，就是「不要擔心」的意思。

一邊聽著 MP3 光碟的發音，跟著一起大聲唸！

表達祝賀或祈求時，在有「安全地、祈求的」意思的 Selamat 後面，加上要祝賀或祈求的內容，就有了「恭喜您…」或「希望能…」的意思。

Selamat 雖然是問候時，具有代表性的表達方式；但除了打招呼以外，在歡迎、祝賀的問候，及祈願和對方能夠很開心的談話等具有祝賀的意義上，也經常被使用。

Selamat ＋ 祝賀內容

00-13

Selamat ulang tahun. = 英文的 Happy birthday.	生日快樂！
Selamat tahun baru. = 英文的 Happy New Year.	新年快樂！
Selamat (Hari Raya) Idul Fitri.	開齋節快樂！
Selamat Hari Natal. = 英文的 Merry Christmas.	聖誕快樂！
Selamat atas keberhasilan Anda.	畢業快樂／升職快樂！
Selamat menempuh hidup baru.	恭賀新婚！
Semoga sukses.	希望您能成功！
Semoga semua berjalan dengan lancar.	萬事如意！

* ulang tahun　生日
* tahun　年
* baru　新的
* Idul Fitri　齋戒結束的慶祝日（伊斯蘭教）

* Hari Natal　聖誕節
* atas　對於～
* keberhasilan　成功（用在畢業、升職以及作某些事而成功的祝賀詞）

* menempuh　經歷
* hidup baru　新生活
* semoga　祈求
* sukses　成功

詢問

　　詢問問題時，在句子前加上「apa（什麼）、siapa（誰）、kapan（何時）」等疑問詞，或是「bisa（可以～？）、boleh（這樣做也可以嗎？）」等的助動詞，就形成了疑問句了。

1. 詢問事物  ≡ what 什麼

00-14 🎧

| A: Apa ini? | 這個是什麼？ |
| B: Ini dompet. | 這是錢包。 |

＊ ini 這個、這（英文的 this）、這個人
dompet 錢包

2. 詢問人  ≡ Who 誰

00-15 🎧

| A: Siapa itu? | 那個人是誰？ |
| B: Itu Susi. | 那個人是 Susi。 |

＊ itu 那、那個（英文的 that）、那個人

3. 詢問狀態  ≡ how 如何

00-16 🎧

| A: Bagaimana cuaca hari ini? | 今天天氣如何？ |
| B: Cuaca hari ini cerah. | 今天天氣很好喔！ |

＊ cuaca 天氣　＊ hari ini 今天
＊ cerah 光亮；用在天氣方面意為「晴天」

4. 詢問場所　 ＝ Where 哪裡

ke　去～
di　在～　✚　mana
dari　從～

　　詢問場所時，在 mana（哪裡）前放上前置詞 ke、di、dari，分別是「去…」、「在…」和「從…」的意思。

　　這時，ke mana、di mana、dari mana，不論放在文章地前面（句首）或後面（句尾），都可以形成疑問句。

❶ ke mana ＝ to where 去哪裡

　00-17

A: Ke mana kamu mau pergi? 句首		你要去哪裡？
＝ Kamu mau pergi ke mana? 句尾		你要去哪裡？
B: Aku mau pergi ke sekolah.		我要去學校。

　　　※ aku 我　　　　　　　※ pergi 去、往
　　　※ sekolah 學校　　　　※ kamu 你、你的、你（受格）

❷ di mana ＝ in where 在哪裡

A: Di mana celana saya? 句首		我的褲子在哪？
B: Di kamar kamu.		在你房裡。

　　　※ celana 褲子　※ kamar 房間

詢問

A: Kamu ada di mana? 　你在哪？

B: Aku ada di WC.　我在化妝室。

＊ WC　化妝室
＊ ada　有

❸ dari mana ≡ from where 從哪裡來

A: Dari mana kamu? 　你從哪裡來？

B: Saya dari Taiwan.　我從台灣來的。

A: Kamu berasal dari mana? 　你來自哪裡？

B: Aku berasal dari Indonesia.　我是從印尼來的。／我來自印尼

＊ Saya　我
＊ Taiwan　台灣
＊ berasal　（地方）出身的／來自
＊ Indonesia　印尼

5. 許可　Boleh

Boleh 是「可以」的意思。在回答時，若是肯定，就回答「Boleh」；否定則回答「Tidak boleh」。

A: Boleh saya merokok?	我可以抽菸嗎？
B: Ya, boleh. Silakan.	是，可以。請。
B: Tidak boleh.	不可以！

6. 許可

Bisa 是「可以」的意思，另外也有「會」的意思。
要詢問「可不可以做某件事」時，要將 bisa 放在句首，形成疑問句。回答時，若是肯定句，可直接回應「Bisa」；若是否定，則回應「Tidak bisa．」。

00-19

A: Bisa berbahasa Indonesia?	（你）會說印尼語嗎？
B: Ya, bisa.	對，（我）會。
B: Tidak bisa.	不，（我）不會。

* berbahasa 說（語言）

回答

　　肯定句時，回「Ya」。否定句則有兩種，一種是「Tidak」，這是用來否定動詞跟形容詞時所使用的；另一種為「Bukan」，用來否定名詞跟代名詞。

00-20

Ya.	是、對。
Tidak.	不是。 否定動詞或形容詞時。
Bukan.	不是。 否定名詞或代名詞時。
Ada.	有。
Tidak ada.	沒有。 tidak + 動詞
Saya bukan orang Jepang.	我不是日本人。 bukan + 名詞
Betul.	沒錯。
Tentu saja.	當然囉！ 英文的 of course .
Saya mengerti.	我了解。／我懂。 英文的 I understand .
Saya kurang mengerti.	我不太清楚。／我不太懂。
Saya belum menikah.	我還未婚。／我還沒結婚。

Boleh.	可以。
Tidak boleh.	不行。
Bisa.	可以。
Tidak bisa.	不能。

當回答為否定時，還有意為「還沒有～」意思的 belum，及有「不是很～」意思的 kurang 這兩種說法。

例 Saya belum menikah.   我還沒結婚。

Saya kurang tahu.   我不是很清楚。

Saya tidak tahu.   我不知道。

其他

1. 其他表達

❶ 電話

00-21

Halo.	喂～ （打電話時）
Saya sendiri.	是我，您好！ （接電話時）

❷ 拜訪

A : (Tok! Tok!) Permisi.	咚！咚！不好意思！
B : Siapa?	（是）誰？
A : Saya Julie.	我是Julie。

❸ 在店家裡時

在店家裡要叫店員的時候，通常會先說聲有「抱歉、失禮了」之意的 Permisi，再加上稱呼。

Permisi, Pak / Bu!	不好意思，先生（小姐） 稱呼長輩時（男／女）。
Permisi, Mas!	不好意思，大哥！ 對年紀輕的男生的稱呼。
Permisi, Embak / Mbak!	不好意思，小姐！ 意思為「小姐」，一般用來稱印尼當地女性。

❹ 其他

Semangat!	加油！

課文

本文主要以現今印尼所使用的國語所編寫的。內容以淺顯易懂，日常生活中也能經常使用的文章所構成的。對於第一次學習的初學者來說，也能夠簡單地學習。

OK～
終於進入正課囉～
大家都要認真學習喔！

Pelajaran

01

Nama saya Ming Wei.

我的名字叫明威。

01-1 🎧

初次見面時

Ming Wei

Selamat sore.

Tuti

Selamat sore. Permisi, siapa nama Bapak?

Ming Wei

Nama saya Ming Wei. Senang sekali bertemu dengan Anda.

Tuti

Nama saya Tuti. Saya juga senang sekali bertemu dengan Anda.

分開時

Ming Wei

Selamat jalan. Sampai jumpa lagi.

Tuti

Sampai jumpa lagi.

本課教你初次見面，自我介紹的表現。請仔細聽喔！

初次見面時

→ 明威　　　午安（您好嗎）。（下午 3、4 點之後，見面時）

Tuti　　　午安（您好）。不好意思，請問先生貴姓大名？

明威　　　我的名字叫明威。很開心見到您！
　　　　　（很高興認識您！）

Tuti　　　我的名字叫 Tuti，我也很開心見到您！

分開時

→ 明威　　　一路順風！下次見！

Tuti　　　下次見！

01-2

單字 Perbendaraan kata

□ permisi	不好意思（英文的 excuse me）	□ sekali	很
□ siapa	誰（疑問詞）	□ bertemu	見面
□ nama	名字	□ dengan	和～（人）
□ Bapak	先生、大叔（稱呼男性長輩的稱謂）	□ Anda	您（第二人稱）
□ selamat	安全地、無事地	□ jalan	路
□ sore	下午（3、4 點以後）	□ sampai	到～時候為止
□ saya	我	□ jumpa	見面
□ senang	開心的	□ juga	也
		□ lagi	再次

45

01 基礎文法解說

Selamat sore.

初次見面時，在 selamat（安全地、無事地）的後面，加上表示該時間段的單字，都形成了「您好」的意思了。

早晨，pagi（早上 11 點以前）；中午：siang（中午 12 點到下午兩點）；下午：sore（下午 3 點～傍晚 6 點）；晚上：malam（晚上 7 點以後）。這些都是用來表示時間的單字。

不同時間的問候	印尼語	意思
上午見面時	Selamat pagi.	
中午見面時	Selamat siang.	您好！
下午見面時	Selamat sore.	
晚上見面時 太陽下山後	Selamat malam.	

Permisi, siapa nama Bapak?

❶ Permisi 跟英文的 excuse me 相同，都是「不好意思」的意思。印尼人對不認識的對象都會恭順地以「permisi」作為開頭，詢問對方。

❷ Siapa 的意思跟英文的疑問詞 who 相同，都是「誰」的意思。在句子前加上疑問詞就形成了疑問句；問名字或人時，都會用「Siapa」發問。

Siapa	+	nama Anda
（誰）		（您的名字）

請問貴姓大名？

原來「什麼」的單字應該是「Apa」，但若試問對方名字時，要使用「Siapa」才行！

另外，向初次見面的人或是長輩詢問名字時，一般比起「Anda（您）」，使用「Bapak（男性長輩的稱謂）」或「Ibu（稱呼女性長輩的稱謂）」會更好。

▶ 詢問對象為男性

（先生），貴姓大名？　　　　　　　Siapa nama Bapak?

▶ 詢問對象為女性

（小姐），貴姓大名？　　　　　　　Siapa nama Ibu?

▶ 其他的詢問方式

稱呼男性
不好意思，先生，請問貴姓大名？　Permisi Pak, namanya siapa?

稱呼男性
先生，您的名字是？　　　　　　　Siapa nama Anda, Pak?

稱呼女性
小姐，您的芳名是？　　　　　　　Siapa nama Anda, Bu?

長輩詢問晚輩時（年紀大的問年紀小的）
您叫什麼名字？　　　　　　　　　Siapa nama kamu?

長輩詢問晚輩時（年紀大的問年紀小的）
您叫什麼名字？　　　　　　　　　Nama kamu siapa?

他／她的名字叫什麼？　　　　　　Siapa namanya?

他／她的名字叫什麼？　　　　　　Namanya siapa?

namanya 跟 nama dia 相同，可以用來解
釋為「他／她的名字」的意思。
kamu 為「你／妳」的意思。

| 3. | Nama saya Xiao wei | 我的名字是小偉 |

1 人稱代名詞

Nama saya + Tuti　我的名字是 Tuti。
（我的名字）（是Tuti）

　　人稱代名詞根據對方的年齡、性別，及身分，有不同的稱呼。稱呼第一次見面或是比較年長的對象時，男性會稱「Bapak」或「Pak」；女性則為「Ibu」或「Bu」。

人稱代名詞 單數

01-3

	人稱代名詞	意思	人稱代名詞	意思
第一人稱	Saya	我	Aku	我
第二人稱	Anda	您	Kamu	你
	Saudara	～君	Saudari	～小姐
	Bapak / Pak	先生 （稱呼男性的尊稱）	Ibu / Bu	～女士 （稱呼女性的尊稱）
第三人稱	Dia / Ia	他／她	Beliau	他／她 （尊稱）

人稱代名詞 複數 01-3

	人稱代名詞	意思
第一人稱	Kita	我們（包含聽話對象）
	Kami	我們（不含聽話對象）
第二人稱	Anda sekalian	您們
	Saudara-saudara	先生們（稱呼男性）
	Saudari-saudari	小姐們（稱呼女性）
	Bapak-bapak	男士們（稱呼男性或男性長輩）
	Ibu-ibu	女士們（稱呼女性或女性長輩）
第三人稱	Mereka	他們

　　印尼文裡除了引用印尼當地方言，另外也引用了些華人方言，如：

＊ **我** Gua / Gue
Gua 是台語「我」的發音

＊ **你** Loe / Lu
Loe / Lu 是台語「你」的發音

雅加達及雅加達近郊的方言（爪哇島主要使用的稱呼）

＊ **大哥** Mas
　　原來是「哥哥」的意思，用來稱呼當地男性。這時候不論是「哥哥」還是「先生」，都統稱「Mas」。

＊ **小姐** Mbak
　　原來是「姐姐」的意思，用來稱呼當地女性，可以作為「姐姐」跟「小姐」的統稱。

❷ 印尼語跟中文相反，會將修飾語放在修飾對象的後面。

　　這時，印尼語中，放在主詞後面的 Be 動詞「adalah（是～）」，經常會省略。

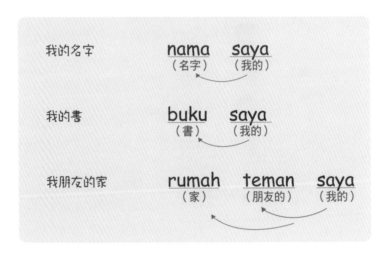

我的名字	**nama** （名字）	**saya** （我的）
我的書	**buku** （書）	**saya** （我的）
我朋友的家	**rumah** （家）	**teman** （朋友的）	**saya** （我的）

> **Senang sekali bertemu dengan Anda.**　很高興見到您！

　　對初次見面的人，經常使用的表達方式；對初學者來說，比起追究這句話的句型結構，直接整句背下來會更好。

Senang（高興的）　**sekali**（很）　**bertemu**（見面）　**dengan**（和～）　**Anda.**（您）
很開心見到您！

juga 翻成中文為「也～」的意思，放在主詞跟形容詞中間，就有「果然很～」的意思。在回答時，只要用 juga 來表達就可以了。

 Saya juga senang sekali.　　　　　　　　我也很高興見到您！
Bertemu dergan anda

---

5. | Sampai jumpa lagi.　　　　　　　　　　下次見！

sampai 翻成中文為「到～時候為止」，jumpa 翻成中文為「見面」，lagi 的中文為「再次」的意思。若把上次直接翻譯來說的話，為「到再次見面為止」的意思。在印尼，這句話就等同於「下次見」的意思。

* **Bahasa Gaul / Bahasa Betawi**
是年輕一輩中經常使用的用語，尤其在雅加達，使用率更高。

　　雅加達地區有只屬於雅加達人民的特殊用語，他們稱之為「Bahasa Betawi」。最先開始使用的人民為雅加達原住民的北達威族。

　　現今的印尼首都雅加達的舊名為「巴達威亞」，巴達威亞是從北達威族的名字所引申出來的，「Bahasa Betawi」只屬於居住於雅加達的雅加達人民的方言。

　　「Bahasa Gaul.」已是雅加達年輕人的流行語。印尼的電視劇或偶像劇也把「Bahasa Gual.」作為劇中的用語。「Bahasa Gaul.」就像中文（北京話）在華人使用地區一樣，成為了經過洗鍊的語言達到使用流通的頂尖。現在，「Bahasa Gaul.」流行語已相當普及，不僅僅是在雅加達地區，甚至於爪哇島上其他都市的人民也經常使用。

Wow～
我果然很年輕～

Bahasa Gaul

＊ 其他有趣的表達方式

❶ 簡化語

　　印尼人喜歡將單字簡化後使用。

　　將冷氣的英文「air conditioner」簡化為「AC」；將街道的印尼語「Jalan」簡化為「Jl」使用。

❷ si 翻成中文有「～的人；～的東西」的意思。在 si 後面加上指稱的人物或東西的特徵來表達所說的人或物。舉例來說：Kumis 中文為「小鬍子」的意思，Si Kumis 的中文就成了「有小鬍子的人」。

 Kumis
（小鬍子）

 Si Kumis
（有小鬍子的人）

Dada

❸

Dada & Bye

　　印尼的年輕人們，跟親近的朋友分開時用「Bye bye」。說這句話時，可愛地揮著手說著「Dada」或「Bye」，就跟我們說「bye bye」一樣，具有年輕、可愛感的問候語。

關於印度尼西亞

印尼是位於東南亞，印度洋跟南太平洋之間；且赤道橫貫其中。總共由 17,508 個大小島嶼所組成的，為世界上最大的島嶼國家。

由於位於赤道附近，使印尼屬於熱帶氣候。年均溫在 25℃～28℃ 之間；降雨量多且濕度高。印尼有幾個主要大島：爪哇島、蘇門答臘島、蘇拉威西島，及加里曼丹島，占印尼面積的 75%。北加里曼丹島屬於馬來西亞及汶萊兩國。小島則有龍目島、馬都拉島、峇里島等。印尼的首都是位於爪哇島上的雅加達，除此之外，爪哇島上的主要都市還有泗水、萬隆、三寶瓏等。

＊國家名：印度尼西亞共和國
＊政策：共和制
＊獨立日：1945 年 8 月 17 號（自荷蘭的殖民統治中獨立）
＊位置：位於亞洲東部跟澳洲大陸北方之間
＊氣候：熱帶性海洋氣候
＊年均溫：25℃～28℃
＊人口：2 億 5 千萬（2013.7月資料），為世界第四大人口大國
＊面積：1,904,569 km²
＊首都：雅加達
＊種族：爪哇人 45 ％、巽達人 14 ％、馬都拉人 7.5 ％、馬來人 7.5 ％、其他 26 ％等 300 多種族構成
＊宗教：回教 87 ％、基督教 6 ％、天主教 3 ％、印度教 2 ％、佛教 1 ％、其他 1 ％
＊語言：印尼語
＊時差：比台灣晚一小時
＊貨幣單位：印尼盾

氣候和季節

位於赤道的印尼，屬於熱帶性氣候，全年濕熱。雅加達地區每天的平均溫度都在 21℃～33℃左右。

印尼分為兩個季節，一個是全天都在強光照射下的乾旱季，另一個則是不斷反覆地下暴雨及雷雨的雨季。乾旱季從 6 月～10 月；雨季從 11 月～3 月為止，因整天不斷地下雨，因此，濕度也相當地高。

祈禱五次的義務 Salat / Sholat

印尼穆斯林（伊斯蘭教徒）一天內要祈禱五次。伊斯蘭教裡，會將禮拜時間告訴信徒的聲音稱為「azan」。到了每天五次祈禱的時間，擔任的穆斯林會到鐘塔上，透過擴音器告知信徒「朝向聖都麥加起立」的祈禱時間到了。電視也是一樣，只要到了禱告的時間，便會轉換成告知時間的畫面。

禱告的印尼語為「sholat」，在大部分的公共場所，都會設置稱為「Musholla」的祈禱室；在工廠、辦公室以外，機場也會設置「Musholla」的祈禱室。

穆斯林們在禱告前，會先洗淨身體；在祈禱前洗淨身體的行為稱為「Wudhu」。主要清洗頭部、臉、耳、手臂，及腳。禱告前，清洗身體的場所也稱為「Tempat wudhu」。

⬅ Tempat wudhu　　⬆ Musholla

規矩及禁止事項

印尼規矩是依循一種稱為「Adat」的規矩法而進行的。Adat 法律會根據每個地方或不同地域所構成的民族而不同。另外，Adat 法跟其他伊斯蘭國家不同的是，承認女性有正當的權利。

在國民 90％以上都為伊斯蘭教的印尼，在宗教及文化上有以下的禁止事項，請一定要隨時留意！

1. 不能摸他人的頭！

你現在是在摸我的頭嗎？

哈哈～你的髮型真可愛～

對印尼人們來說，頭部是靈魂的所在，他們認為是非常神聖的。一般國家的人民會用摸頭來表示小孩很可愛；但是在印尼，摸頭是相當羞辱人的行為，因此，絕對不要摸他人的頭。

2. 交付東西時使用右手！

印尼人們認為左手只能使用上廁所的時候，左手跟右手的用途要正確的區分清楚才可以。拿著垃圾或髒東西時，要使用左手；在給對方物品或得到東西時，握手及吃飯時，都要使用右手。

想要吃什麼？

不能吃豬肉呀～

3. 穆斯林是不吃豬肉的！

穆斯林們是禁止吃豬肉的！一般來說，除了華人開的餐廳以外，多數印尼餐廳都不會有豬肉。（例外：在崇信印度教的峇里島人民，則會吃豬肉。）

4. 化妝室使用習慣

在印尼的化妝室，不會放置衛生紙。而是使用清水，以左手處理。化妝室馬桶旁，會放置勺子跟清水，用右手拿勺子勺水，用左手清洗。印尼人們認為比起用衛生紙，用清水清洗更加衛生、乾淨。

Pelajaran 02

Saya orang Taiwan.
我是台灣人。

02-1 🎧

Hadi: Apa kabar, Bu?

Tuti: Baik-baik saja. kamu Apa kabar?

Hadi: Mari saya kenalkan. Ini Pak Lee.

Tuti: Nama saya Tuti. Senang sekali bertemu dengan Anda.

Ming Wei: Saya juga senang sekali bertemu dengan Anda.

Apa Anda orang Indonesia?

Tuti: Ya. Saya orang Indonesia. Anda dari mana?

Ming Wei: Saya dari Taiwan. Ibu, tinggal di mana?

Tuti: Saya tinggal di Jakarta.

Hadi 將 明威 和 Tuti 介紹給對方

→ Hadi　　最近過得好嗎？（您好嗎？）

Tuti　　過得很好，您呢？（您好嗎？）

Hadi　　跟您介紹一下，這位是李先生。

Tuti　　我的名字是 Tuti，（跟您）見到面，
　　　　真的感到很高興。

明威　　我也很高興見到您。

　　　　您是印尼人嗎？

Tuti　　對，我是印尼人。（請問）您從哪裡來？

明威　　我是從台灣來的。您住哪邊呢？

Tuti　　我住在雅加達。

02-2

單字 Perbendaraan kata

□ apa	什麼（疑問詞）	□ dari	從～開始
□ kabar	消息	□ Taiwan	台灣
Apa kabar?	過得好嗎？（您好嗎？）	□ orang	人
□ baik	好	□ Indonesia	印尼
□ saja	只是～	□ bukan	不是～（名詞的否定）
□ mari	（英文的let）有來的意思	□ Ibu	小姐（稱呼女性長輩時）
□ kenalkan	介紹	□ tinggal	居住
□ ini	這位、這個（指定代名詞）	□ di	在～（地方）
		□ mana	哪裡（疑問詞）
		□ Jakarta	雅加達（印尼首都）

Apa kabar?	你好嗎？

　　對有段時間沒見面的對象問候時，一般都會使用「Apa kabar？」，來詢問對方。翻成中文為「你好」，並含有「過得如何？」、「過得好嗎？」的意思。

Apa kabar, ➕ 第二人稱代名詞？

例 Apa kabar, Pak Lee?　　李先生，您好嗎？

　　Apa kabar, Bu Chen?　　陳女士，您好嗎？

第 2 人稱代名詞

Apa kabar, Bu Tuti?	Tuti，您好嗎？
Apa kabar, Pak Polisi?	警察先生，您好嗎？
Apa kabar, Julie?	Julie，您好嗎？
★稱呼不知道名字的年輕男子時：Mas Apa kabar, Mas?	稱呼以哥哥的身分所熟知的人時：～先生的意思 先生，您好嗎？
★稱呼不知道名字的年輕女子時：Mbak Apa kabar, Mbak?	稱呼以姊姊的身分所熟知的人時：～小姐的意思 既使是已婚的女子也可以稱為Mbak。 小姐，您好嗎？
★稱呼男性或女性都適用 Apa kabar, Saudara-saudari?	大家好嗎？
★稱呼男性長輩時 Apa kabar, Bapak-bapak?	大家好嗎？
★稱呼女性長輩時 Apa kabar, Ibu-ibu?	大家好嗎？

回答為 Baik-baik saja.，翻成中文為「普通普通」或「過得不錯」的意思。

> **Mari saya kenalkan.** 　　　　　　介紹給您認識！

　　mari 是指「來〜」的意思，跟英文的 let 用法相同。kenalkan 的中文為「介紹」的意思。Mari saya kenalkan. 跟英文的 Let me introduce＋目的語一樣，直接翻上句的意思即為「讓我來介紹給您」。

> **Ini Pak Lee dari Taiwan.** 　　　　這位是台灣的李先生。

$$\text{Ini} + A \quad \begin{array}{l}\text{這位是A先生。}\\ \text{這位是A。}\end{array}$$

❶ 這位、這個

　　Ini 跟英文的 this 一樣為指定代名詞。使用於指出離彼此距離都較相近的人事物。指示事物的時候翻為「這個」；指人時則翻為「這位」。

　　這時，放在 Ini 後面的印尼語中的 be 動詞「adalah」會被省略。在對話中，adalah 幾乎都會被省略不用。

　　Pak 使用於尊稱男性長輩或男性時所使用的，為「先生」的意思。Pak Lee 翻成中文即為「李先生」的意思。

句子的語順

1.肯定句

Ini + Bu Zhuang. (= This is Mrs. Chung.) 這位是莊女士。
這位　　莊女士

Ini + buku. (= This is a book.) 這是書。
這個　　書

2.否定句 主詞 S + bukan + 補語

Ini + bukan + Bu Zhuang. 這位不是莊女士。
這位　不是～　莊女士

dari Taiwan 從台灣來。

dari ＋ 國籍、故鄉

　　dari 跟英文的 from 相同。本來的意思為「從～來」，喜歡簡說的印尼人們，詢問或回答國籍、故鄉等出身相關問題時，會使用「dari」，來表示「從～（地方）來」的意思。

　　詢問他人「您從哪裡來的？」、「您是哪邊出身的？」時，印尼語為「Anda dari mana？」。mana 翻成中文為「哪裡」的意思。回答時有兩種表達方式。

　　例 Saya dari Taiwan. 我是台灣出身的。

　　Saya datang dari Taiwan. 我是從台灣來的。
　　　　　　　　　　　　　　　＊ datang 來自

可以使用 berasal（從～來、出身於～）來詢問對方。

▶詢問出身時

您是哪邊出身的?

Anda berasal dari mana?

您是哪個國家來的?

＊ berasal dari 出身

→ 我從台灣來的。　　　　Saya berasal dari Taiwan.

→ 我從台灣來的。　　　　Saya datang dari Taiwan.
　　　　　　　　　　　　　　　　＊ datang 來

→ 我是台灣人。　　　　　Saya orang Taiwan.

Saya orang Indonesia.　　　　　我是印尼人！

句子的語順

1. 肯定句

Saya　　+　　orang　+　　Indonesia.　我是印尼人。
我　　　　　　人　　　　印尼

2. 疑問句

Apa + Anda + orang + Indonesia?　您是印尼人嗎?
什麼　　您　　　人　　　印尼
（疑問詞）

在陳述句前加上疑問詞「Apa」，且在句子後面加上問號，就形成「是～？」的疑問句了。

3. 否定句

否定詞「tidak」翻成中文為「不是～」的意思，用來否定動詞跟形容詞；名詞的否定詞，則要使用「bukan」。

 回答

肯定 Ya. 對、是

Ya. Saya orang Indonesa. 　　　對，我是印尼人。

否定

Bukan. Saya bukan orang Indonesia. 　　不，我不是印尼人。

A: Anda suka minum teh? 　　您喜歡喝茶吧？
B: Tidak. Saya tidak suka minum teh. 　　不，我不喜歡喝茶。.

4. 附加疑問句

在疑問句中，加上 bukan（不是～），就有了「不是這樣嗎？」的意思。

例 Apa Anda orang bukan Indonesia? 　　您不是印尼人嗎？

6. | Bapak, tinggal di mana? | 先生，您住哪裡呢？

tinggal 的中文意思為「居住」；di 為「在（地方）」；mana 是疑問詞「哪裡」的意思。di mana 加在一起就有「在哪裡」的意思，直接翻譯上句，即為「先生，您住在哪裡？」。

di mana 跟英文的 where 一樣，同為「哪裡」的意思，di mana 沒有位置的限制，放在句子前後都可以。

di + mana = 英文的 where

▶放在句子前面

請問化妝室在哪裡？　　　Di mana ada WC?

▶放在句子後面

請問化妝室在哪？　　　WC-nya ada di mana?

> WC 化妝室
> ada 有

di 的意思跟英文的 in 相同，同有「在～（地方）」的意義。在場所前面加上 di，就有了「在～」的意思。

di + 場所　在～

例 Saya tinggal di Jakarta.　　我住在雅加達。

根據對象而不同的問候方式 　　　　　　　02-3

1 Siapa nama

Anda, Pak ?	先生（男性），請問貴姓大名？
Anda, Bu	小姐（女性），請問貴姓大名？
Bapak	先生（男性），請問貴姓大名？
Ibu	小姐（女性），請問貴姓大名？
Anda	請問貴姓大名？

→ Nama saya

Yulius William.	我的名字是 Yulius William。
Chen Ming Fong.	我的名字是陳明峰。
Susi.	我的名字是 Susi。

2 Anda dari mana?　　　您從哪裡來的？

Saya dari Taiwan.
我從台灣來的。

Saya dari Indonesia.
我從印尼來的。

Saya dari Jepang.
我從日本來的。

Saya orang Taipei.　　我是台北人。

Saya orang Jakarta.
我是雅加達人。

Saya orang Taichung.
我是台中人。

Saya orang Surabaya.
我是泗水人。

Saya orang Taipei.
我是台北人。

國家 ▶ Saya orang ＿＿＿＿＿. 　　 我是 ＿＿＿＿＿（地方）人。

 Taiwan
台灣

 Indonesia
印尼

 China(Cina)
中國

 Jepang
日本

 Perancis
法國

 Inggris
英國

 Amerika Serikat
美國

 Korea
韓國

Asia　亞洲
Asia Tenggara　東南亞

國家和地名在書寫時，開頭要大寫！

Pelajaran 03

Kamu bekerja di mana sekarang?

現在你在哪裡工作呢？

 03-1

Iwan

Hai, Santi. Sudah lama kita tidak bertemu.
Bagaimana kabar kamu?

Santi

Baik. Bagaimana kabar kamu?

Iwan

Aku juga baik. Sekarang, kamu mau pergi ke mana?

Santi

Sekarang, aku mau pergi kerja.

Iwan

Kamu bekerja di mana sekarang?

Santi

Aku bekerja di Rumah Sakit Pondok Indah sebagai dokter.
Kalau kamu, bekerja di mana?

Iwan

Aku mengajar bahasa Indonesia di Universitas Indonesia.

向好久不見的朋友問候時

→ Iwan　　　Sandy，你好？好久不見了，過得怎樣呀？

Sandy　　我過得很好喔，你呢？

Iwan　　　我也過得不錯，你現在要去哪裡？

Sandy　　我現在要去工作。

Iwan　　　你現在在哪裡工作呀？

Sandy　　我現在在 Pondok Indah 綜合醫院裡當醫生。
　　　　　你在哪工作呢？

Iwan　　　我現在在印尼大學教印尼語。

03-2

單字 Perbendaraan kata

☐ kamu	你	☐ pergi	去、往
☐ bekerja	工作	☐ ke	往～（方向）
☐ kerja	工作	☐ rumah sakit	醫院
☐ di mana	在～（地方）、在哪裡	Rumah Sakit Pondok Indah	
☐ sekarang	現在		Pondok Indah 醫院
☐ Hai	哈囉	（實際位於雅加達南部的綜合醫院名）	
☐ sudah	已經～	☐ sebagai	作為～（身分、職位）
☐ lama	一段時間；久	☐ dokter	醫生
☐ kita	我們（包含聽者）	☐ mengajar	教導
☐ tidak	不是～	☐ bahasa	語言
	（動詞、形容詞否定）	☐ Indonesia	印度尼西亞
☐ bertemu	見面	☐ di	在～（地方）
☐ bagaimana	如何（英文的how）	☐ universitas	大學
☐ aku	我	後面加上名字時，要寫成大寫；若是一般名	
☐ mau	想要做～	詞，用小寫書寫。	

> **Sudah lama kita tidak bertemu.** 好久不見！

❶ Sudah 已經做了～

Sudah 的中文為「已經～」的意思，是用來表現過去式的單字。印尼語跟英文不同的地方在於，動詞的時態上不會有改變，因此，要表達時態的不同，會在動詞前放置能表現時態的單字。lama 的中文為「久」的意思。將 sudah lama 直接翻成中文的話，是指「已經很久了」含有「已經過一段時間了」的意思。

❷ tidak 是動詞跟形容詞的否定型，中文為「不是～」、「沒有做～」的意思。

否定動詞的否定詞 tidak 要放在動詞的前面，就有了「不是～」的意思。

kita 翻成中文為「我們」，bertemu 的中文為「見面」的意思。直接翻譯「Sudah lama kita tidak bertemu」的話，中文意思為「我們已經很久沒見面了」，跟英文的 long time no see 相同，都有「好久不見」的意思。

> **Bagaimana kabar kamu?** 你過的如何？

跟比較親近的朋友、職場的同事或鄰居們，相隔一段時間後見面時，詢問近況的問候方式。

詢問狀態時，使用跟英文的ｈｏｗ有相當的疑問詞「bagaimana」（如何），使用時要放在句首。

直接翻譯「Bagaimana kabar kamu？」的話，為「你的消息如何？」，引申為「你過的如何？」的意思。回答時可以回「Aku baik.」，意思為「我過得很好」。

例 A: Bagaimana kabar kamu?　　你過得怎樣？

B: Aku baik.　　　　　　　　　我過得很好。

Kamu mau pergi ke mana?　　　你要去哪裡？

❶ mau 跟英文的 want、will 相同，同為「要～」的意思。
pergi 的中文意思為「去～、往～」；mau pergi 合在一起，中文意思為「要去～（地方）」。
❷ 回答的表達方式為 mau ＋動詞＋目的語，意思為「我正要去～」

主詞 S	+	mau	+	動詞 V	+	目的語 O	
Aku	+	mau	+	pergi	+	kerja	我要去工作。
我		想要		去		工作	

例 Aku mau pergi ke kelas.　　我要去上課。

※ kelas 課程；教室

　　印尼人們若在街上遇到鄰居，或是在外面遇到朋友或職場上的同事時，會詢問對方「mau ke mana？」（要去哪裡呢？）；這時候的 mau ke mana 等同於「你好」的意思。

　　回答時，可以簡單地說「ke Supermarket」（去超市），或是「ke warung kopi」（去咖啡廳）就可以。

❸ 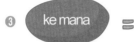 ke mana ＝ 英文的 **to where**

　　ke 跟英文的 to 相同，翻成中文為「往～（方向）」的意思；疑問詞 mana 跟英文的 where 相同，都是「哪裡」的意思。ke 和 mana 連接在一起時，意思就變成了「去哪裡」，詢問他人時，意思就引申為「你要去哪裡？」。

　　這時，ke mana 不管是放在句子的前面或後面，都會形成疑問句「你要去哪裡？」。di mana 跟 ke mana 在對話時，主要都是放在句子後面。

ke mana 跟 di mana 一樣，通常在會話時會擺在後面

✱ 跟 Mau ke mana？相關的一段個人小插曲

去哪？你好？

Mau ke mana?

啊～我都搞不清楚了～

　　這是我剛到印尼時，在印尼國立大學附近住宿時的事情。我到印尼不久後，什麼都還不熟悉的時候，我只要遇到住在同區的居民或是學生們，他們都會帶著微笑問我說「Mau ke mana？」。

　　一開始，我天天都會回答「我要去跟誰誰誰見面」、或是「我正要去什麼地方做什麼事」；但隨著我漸漸地適應了印尼的生活，我才知道「Mau ke mana？」跟「你好」一樣，只是印尼人們打招呼的方式而已。

　　從那之後，我只要聽到同區居民問我「Mau ke mana？」時，我都只會笑笑地，盡可能簡單地回答他們，我現在要去超市之類的話。

Kamu bekerja di mana? 你在哪邊工作呢？

di mana = 在〜（地方）**in where**

di 跟英文的 in 意思相同，翻成中文為「在〜（地方）」；疑問詞 mana 跟英文的 where 相同，為「哪裡」的意思。詢問場所時，可以使用 di mana，中文意思為「在哪裡」。這時，di mana 放在句子的前面或後面都可以。對話時，di mana 主要都放在句子後面。

會話時通常會把 di mana 放在後面。

此外，詢問職業的表達方式有下列幾種：

▶ 詢問職業的其他表達方式

方便知道先生／小姐的職業嗎？	Boleh saya tahu apa pekerjaan Bapak / Ibu?
先生的職業是什麼？	Pak, pekerjaannya apa?
小姐的職業是什麼？	Bu, pekerjaannya apa?
先生／小姐的職業是什麼？	Apa pekerjaan Bapak / Ibu?
小姐的職業是什麼？	Apa pekerjaan Ibu?
您的職業是什麼？	Apa pekerjaan Anda?

Aku bekerja di ~　　　　　　我在～（地方）工作！

❶ bekerja di ✚ 場所　在～（地方）工作。

要表達「在～（地方）工作」的印尼語為 bekerja（工作）＋ di（在～）＋場所。

Rumah Sakit 的中文為「醫院」的意思；Pondok Indah 的中文為「美麗的小屋」；Jakarta Selatan 是實際存在於雅加達南部的一間有名醫院。

❷ sebagai 作為～（身分、職位）

sebagai ✚ 職業／資格　作為～

sebagai 的中文為「作為～」的意思，可以表現出地位、身分或資格的差異。

例 sebagai + perawat　作為護士
　　sebagai + dosen　作為教授

詢問職業及回答　　　　　　　　　　　　　　　　03-3 🎧

1 Apa pekerjaan Anda?　　　　　　您的職業是什麼？

→ Saya guru.　　　　　　　　　　　我是老師。

→ Saya dosen.　　　　　　　　　　我是大學講師。

→ Saya mahasiswa(i).　　　　　　我是大學生。

→ Saya pengusaha.　　　　　　　　我是企業家。

→ Saya mengajar bahasa Inggris.　我是教英文的。

職業　▶ Saya ＿＿＿＿＿.　　我是做 ＿＿＿＿＿（職業）。

 pelajar
學生

 mahasiswi
女大學生

 guru
教師

 dokter
醫生

 presiden
direktur
社長

 karyawan
bank
銀行員

 karyawan
員工

 sales
marketing
行銷人員

 penerjemah
翻譯人員

 ibu rumah
tangga
家庭主婦

 wartawan surat kabar
新聞記者

 pengacara
律師

 pegawai negeni
公務員

pembantu 幫傭
＊在人力費用便宜的印尼中產家庭中，通常都會有幾名幫傭。
像有錢家庭的情況下，會有專門洗碗盤的幫傭、照顧小孩的
保母、只負責洗衣服的幫傭等各種不同責任擔當的幫傭。

大學生 mahasiswa／mahasiswi 雖然分別為男／女大學生的意思，但其實不用刻意區分也可以。

2 Anda berkerja di mana?　　　　　你在哪裡工作呢？

→ Saya bekerja di Rumah Sakit Pondok Indah sebagai dokter.

我在 Pondok Indah 綜合醫院當醫生。

→ Saya bekerja di Bank China Trust sebagai karyawan bank.

我在中國信託銀行當行員。

→ Saya bekerja di P.T. ABC President sebagai sales marketing

我在 ABC President 公司當行銷人員。（股份有限公司）
※ P.T.=Perseroan Terbatas

→ Saya bekerja di surat kabar Kompas sebagai wartawan.

我在羅盤日報當記者。

Saya bekerja di Rumah Sakit
Pondok Indah sebagai dokter.
我在 Pondok Indah 綜合醫院裡當醫生。

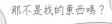
那不是我的東西嗎?

我看起來怎樣?
漂亮嗎?

→ 印尼女性經常要帶著頭紗。

※ Jilbab 頭紗

雖然印尼屬於回教國家且為男性主義社會,但女性從以前開始,也會參與貿易及社會活動。印尼對女性的限制比較寬鬆,普遍來說,女性的地位是屬於比較高的國家。實際上,在印尼,女性也活躍於各個不同的領域中。

哈哈哈~
當女生
真是太好了~

例)教師、公務員、按摩師、警察、律師、醫生等等。

我們都是一家人~

另外,在印尼,不論是父親那邊還是母親那邊,都屬於同一個家族。不分父系或母系,在親戚的稱呼上或親戚關係上,都沒有對女性的差別性待遇。

Apa ini?

這個是什麼？

04-1

 Apa ini?

Ming Wei

 Ini sarung.

Linda

 Apa itu?

Ming Wei

 Itu batik saya.

Linda

 Batik Anda bagus sekali. Tapi, batik itu apa?

Ming Wei

 Batik itu baju tradisional Indonesia.

Linda

明威向 Linda 詢問

→ 明威　　這個是什麼？

Linda　　這個是紗龍。

明威　　那個是什麼？

Linda　　那個是我的 Batik。

明威　　你的衣服也太好看了吧！（很帥氣）
　　　　但是，Batik 是什麼呀？

Linda　　Batik 是印尼的傳統服飾。

04-2

單字 Perbendaraan kata

□ apa	什麼	□ bagus	（東西的狀態）好的、優秀的
□ ini	這個	□ sekali	非常
□ itu	那個	□ (te)tapi	但是
□ sarung	馬來半島居民綁在腰上的布料、沙龍	□ baju	衣服、服飾
□ batik	用傳統染布做成的服飾	□ tradisional	傳統的

指定代名詞 ini, itu　　　　　　　　　　　　這個、那個

指定代名詞	意義
ini　這個	這位／這些
itu　那個	那位／那些

　　ini 跟 itu 作為指定代名詞，跟英文的 this、that 相同，翻成中文為「這個」、「那個」的意思。另外，沒有專屬於 these（這些）、those（那些）等複數型的指定代名詞，而是根據句子而表現出複數型。

　　ini 是指「距離較近的事物或人物」；itu 則是指「距離較遠的事物或人物」。

例 Ini Pak Tom dari Amerika Serikat, dan itu Bu Abby dari Inggris.
這位是從美國來的湯姆先生，那位是英國來的艾比小姐。

Apa ini?　　　　　　這是什麼？

Ini kursi.　　　　　　這是椅子。

※ kursi 椅子

主格／所有格／目的格　～我（你、他），～的，給～（人）

　　印尼語沒有英文的 I,my,me 的格式變化，相反地；根據單字所放置的位置而表現出主詞「我、你、他」，所有格「～的」，目的語「給～（人）、向～」的意思。

主詞　＝　所有格　＝　目的語

> 主詞

我很勤勞。	Aku	rajin.	他很勤勞。	Dia	rajin.
	我	勤勞		他	勤勞

▶ 所有格 ～的

dompet　saya
錢包　　我的

pacar　aku
戀人　　我的

▶ 目的語 給～、向～

（1）直接目的語

我愛你　　　　　　　Aku　cinta　kamu.
　　　　　　　　　　 我　 愛 　 你

（2）間接目的語
　　一般來說，放在直接目的語前面的位置。

請幫我拿水過來。　　Tolong　ambilkan　saya　air　putih.
　　　　　　　　　　 請　　 　拿給　　 我　　 水

形容詞的語順

　　跟中文一樣，形容詞都是直接接在主詞後面，因此，將跟英文的 be 動詞相當的 adalah 省略，在主詞後面直接加上形容詞。這種句子跟一般的動詞句的形式非常相似。

形容詞的語順

1.肯定句

Dia　　 +　　 cantik.　　　她很漂亮。
她　　　　　　　漂亮

2. 修飾形容詞
   的副詞位置

Dia + cantik + sekali.　她很漂亮。
她　　　漂亮　　　　很

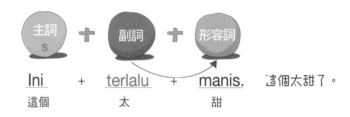

Ini + terlalu + manis.　這個太甜了。
這個　　太　　　甜

3. 形容詞的否
   定句

Dia + tidak + cantik.　她不好看。／她不漂亮。
她　　不是～　　漂亮

4. 形容詞的疑
   問句

Apa ➕ 主詞 S ➕ 形容詞 ?

Apa + dia + cantik?　她漂亮嗎？
　　　她　　漂亮

| (te)tapi | 但是，～ |

tapi 的意思為「但是，～」，使用於話題轉換的時候。

例 (Te)Tapi, ini punya siapa?　　但是，這是誰的東西？

＊ punya ～的（東西）（口語表達）

04-3

形容詞

besar	kecil
大的	小的

banyak
多的

sedikit
少的

panjang
長的

pendek
短的

dekat
近的

bagus
好的

jelek
壞的

lebar
寬的

sempit
狹窄的

jauh
遙遠的

tinggi
高聳的

rendah
低矮的

panas
炎熱的

dingin
寒冷的

例 Bagus.	（東西）很好。
Kamar ini besar.	這房間好大。
	＊ kamar 房間
Dia tinggi.	她身高好高。
Dia cantik.	她很漂亮。
Celana ini pendek.	這褲子太短了。
	＊ celana 褲子

Batik 和 Sarung

batik

batik 為一種印尼式的傳統染色技術，製作時間起源於 12 世紀的爪哇島。另外，batik 能用來稱呼於使用 batik 染色技術的布料；像製成的襯衫、罩衫等服飾，或是參加正式場合的活動、出席結婚典禮時，印尼人們穿著的印尼傳統服飾也能稱之為 batik。它原本是過去印尼王族們所穿戴的服飾，現在成為了大眾化的服飾，可以作為日常服、睡衣等多樣的用途穿戴。

每個地方都利用不同的顏色、技術及風格製作 batik。batik 的花樣有鳥紋、昆蟲、樹葉、幾何圖形等，超過數千種的花紋。

好好學習再回來～

那個…學習 batik 的地方在哪裡…

我是誰，當然是外星人呀～

你是誰？？？

在這之中，在雅加達和不同地方的 batik 不只生產傳統的 batik，甚至還有許多的 batik 工房，作為教導給外國觀光客 batik 製作方式的地方。

batik 在古老的爪哇語中意思為「點點」，是指任何事情都親自用手一點一點的畫上去的意思。有以下幾種類型：（1）染色只染一面的 batik tulis，（2）兩面都染色的，（3）一般花紋為印花，細微的部分為手工的 kombinasi，（4）全部由模板壓上去的 cap。

其中，batik tulis 是最高級的。

batik 的染料不是化學製成，而是使用由青草、樹根、樹葉中所萃取得天然色素。最近，也使用化學纖維及印花染色。

要更用力的拍打才對！這可不是這麼容易就可能完成的！

　　batik 是反覆地在布料上塗上一層蠟、染色的過程後，再刻印上花紋，而完成的作品。布料普通都是使用棉或是絲，以前為了讓蠟能夠吸收，也會用木棒輕柔地敲打平整的布料製作而成。在用這種方式製成的衣料上，先用木炭或石墨等打設計底稿後，再刻印上去不同的紋飾。

　　底稿設計結束後，會先上一層蠟，蠟會持續在染色階段後，做為補足布料不同部分的角色。所以，簡單且大的花紋大多數的價格都比較低；若是在布料上刻印上比較複雜的、宗教的花紋的價值會比較高，價格也相對的會比較貴。

哇～真帥～

當然囉～我稍微花了點錢～

紗龍 Sarung

　　紗龍是馬來半島居民綁在腰上的布料。不只是馬來西亞、印尼、汶萊、新加坡的男性們，在每周的星期五，前往清真寺祈願時，所綁上的紗龍，這種宗教性的服飾；也是不分男女老幼，在家也會穿的日常服飾。

　　紗龍也會使用 batik 的布料製作。

Pelajaran 05

Jam berapa sekarang?

現在幾點了？

 05-1

Santi　Jam berapa sekarang?

Tedi　Sekarang jam sembilan pagi.

Biasanya Ibu tiba di kantor jam berapa?

Santi　Tiba jam setengah delapan pagi. Kalau Bapak?

Tedi　Saya juga. kalau begitu, jam berapa pulangnya?

Santi　Saya pulang jam setengah lima sore atau jam lima sore.

Kalau pulang kerja, biasanya kegiatannya apa, Pak?

Tedi　Saya biasanya membaca surat kabar atau nonton TV.

Kalau Ibu?

Santi　Saya biasanya membaca majalah.

Santi 向 Tedi 詢問時間

→ Santi　現在幾點了？

Tedi　現在是上午9點。您平常大概幾點到公司呢？

Santi　早上七點半到公司，您呢？

Tedi　我也是！那麼，您都幾點回家呢？

Santi　我是下午4點半或5點回家，回到家後，通常都做什麼呀？

Tedi　我不是看報紙就是看電視，您呢？

Santi　我通常在看雜誌。

05-2

單字 Perbendaraan kata

jam	～點、時間	pulang	回家
berapa	多少、幾（疑問詞）	kerja	工作
sekarang	現在		bekerja 做事 / pekerjaan 工作
sembilan	9	kegiatan	活動
biasanya	普通、大概	membaca	讀
tiba	到達	surat kabar	報紙
kantor	辦公室	atau	或是～英文的 or
setengah	一半	(me)nonton	看
delapan	8	TV = televisi	電視
kalau	若是～英文的if	majalah	雜誌

| Jam berapa? | 幾點了？ |

jam 是指「～點」的意思，jam 的單字，在後面加上意思為「多少」或「幾時」的疑問詞 berapa，就形成疑問句了。

$$\text{jam} + \boxed{數字} \quad \text{～點}$$

詢問「現在幾點？」時，將意思為「現在」的單字 sekarang 放在句首，用 Sekarang jam berapa？來詢問對方。

❶ 是上午／中午／下午／晚上 ～點

在 jam 後放上時間的數字＋pagi（上午）／siang（中午）／sore（下午）來表達。

$$\text{jam} + \boxed{數字} + \begin{array}{l} \text{pagi} \quad \text{上午} \\ \text{sore} \quad \text{下午} \end{array}$$

例 下午兩點　　　jam dua ＋ siang
　　　　　　　　點　二　　下午

　　5點　　　　　jam lima
　　　　　　　　點　五

只是表達～幾點時，只要說 jam＋時間。

❷ 要表達「是～點～分。」時，用法為 jam 後面，數字＋數字＋menit。

$$\text{jam} + \boxed{數字} + \boxed{數字} + \text{menit}$$
$$\underbrace{\qquad}_{\text{～點}} \qquad \underbrace{\qquad}_{\text{～分}}$$

例 8點40分　　　jam delapan empat puluh menit
　　　　　　　　　時　　8　　　40　　　　分

只是表達～點～分時，只要說jam＋數字＋數字＋menit。

下午4點13分　　jam empat tiga belas menit + sore
　　　　　　　　時　　4　　13　　　分　　　下午

表達30分的方式有兩種：

jam setengah ✚ 數字 ✚ 1

jam 後，接 setengah（一半），再寫上要表達的時間數字＋
就是「～點半」的意思。

直接翻譯的話，以「上午8點的一半」來看，這時的一半是
指1個小時的一半，就是指 30 分鐘的意思。印尼語中，～點半的
表達方式跟我們中文的說法正好是相反的。

例 7點半　　　jam setengah delapan
　　　　　　　點　　一半　　　8

記得要注意（表達時間＋1）的使用方式！

另外，也可以用「～點～分」的表達方式：

例 7點半　　　jam tujuh tiga puluh menit
　　　　　　　點　 7　　 30　　　分

表現時間的單字

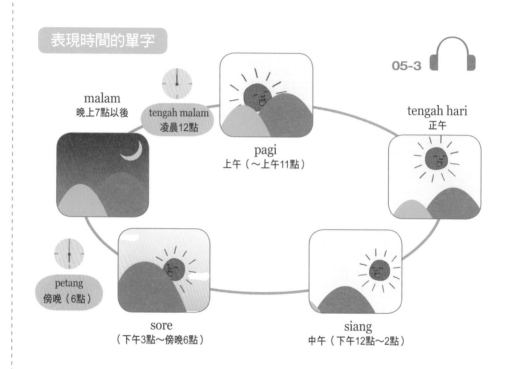

05-3

malam
晚上7點以後

tengah malam
凌晨12點

pagi
上午（～上午11點）

tengah hari
正午

petang
傍晚（6點）

sore
（下午3點～傍晚6點）

siang
中午（下午12點～2點）

時間 jam

jam dua belas
12點

pagi 上午

jam sebelas
11點

jam satu
1點

jam sepuluh
10點

jam dua
2點

jam sembilan
9點

jam tiga
3點

jam delapan
8點

jam empat
4點

jam tujuh
7點

jam lima
5點

sore 下午

jam enam
6點

比較　詢問時間時，如果用 Jam＋berapa？詢問的話，是指「幾點了？」；但如果是用 Berapa＋jam 詢問的話，是指「幾個小時？」的意思。兩句是完全不同的意思，要特別小心！

例　Jam berapa?　　　　幾點了？

　→　Jam 5.　　　　　　五點。

例　Berapa jam perjalanan dari Jakarta ke Bandung?
　　從雅加達到萬隆要花幾小時？

　　→　2 jam.　　　　　要花兩小時。

當出現在新聞或手冊裡的說明時，印尼文習慣使用 pukul 這個字，一般生活中的應用則會用 jam 這個字都是「～點」的意思。

Kalau Bapak?　　　　　　　　　　　先生呢？

　　kalau 翻成中文為「是～的話？，（怎麼樣呢？）」；Bapak 是指「（男性）先生」的意思。

　　在印尼，用「那先生（小姐）呢？」詢問對方時，使用「Kalau Bapak？」（男性）；或「Kalau Ibu？」（女性）。詢問「那您呢？」時，則用「Kalau Anda？」。

pulangnya, kegiatannya　　　　　　　口語－nya

單字　＋　-nya　　口語表達

　　對話時，經常使用的口語表達中，會在單字後面加上－nya 使用。

　　－nya在口語表達中，是具有強調的功能；也能作為連接句子的角色。

例 Harganya berapa?　　價格是多少？
　　價錢　　多少

＊ harganya 價錢

harga + nya：nya 用來強調對話前面出現的東西。

　　直接翻譯「Kalau pulung,apa kegiatan Anda？」這個句子的
意思為「回家後，通常都做些什麼活動？」；在印尼，這句話的
意思就引申為「回家後，都做些什麼？」。

atau	英文的 or

atau 的中文意思為「～或～」的意思，跟英文的 or 相同。

例 Aku biasanya nonton TV atau membaca buku setiap malam.
　　我每天晚上通常都在看電視或看書。

＊ biasanya 普通、大概
setiap 每個～
malam 晚上

Aku biasanya pergi nonton film atau pergi belanja di akhir
akhir minggu.
周末，我通常都會去看電影或是購物。

＊ pergi 去
bioskop 電影院
belanja 購物、逛街
akhir minggu 周末

✳ Ngapain? 你在做什麼？

在口語中，「Biasanya kalau kerja, ngapain?」的口語為「ngapain?」，翻成中文為「（你在）做什麼呢？」的意思。

主要是年輕族群們，對自己親近的朋友們所使用的話語。若是印尼人向長輩打招呼時，使用「lagi ngapain?」（現在在做什麼？）的話，長輩可能會生氣的說「kamu pikir saya teman kamu?」，這句話是指「我是你的朋友（同輩）嗎？（怎麼沒大沒小的）」，所以要特別注意使用。

lagi ngapain? 的 lagi 是指「再次」的意思，也能當作「現在」的意思。

pikir 中文為「想、考慮」的意思；teman 為「朋友」的意思。上面那句就翻為「你認為我是你的朋友嗎？」、「我是你朋友嗎？（口氣較不好）」的意思。

動詞

　　等同英文的一般動詞，在前一章節已經學過了＝英文的 be 動詞的 adalah（是～）的印尼語動詞。在這邊，我們要開始學習動作或是行為表現的基本動詞，可以翻為「做～（事情）」。

berbicara 說話		mendengar 聽	
berbahasa	說話		
berbahasa Inggris	說英文	mendengar radio	聽廣播

pergi 去		datang 來	
pergi ke Jakarta	去雅加達	datang ke Indonesia	來印尼

(me)nonton 看		makan 吃	
(me)nonton TV	看電視	makan nasi	吃飯

tidur 睡覺		bangun 起床	
tidur siang	睡午覺	bangun pagi	早起

menulis 寫		membaca 讀	
menulis tesis	寫（碩士）論文	membaca buku	看書

duduk 坐		berdiri 站立	
duduk di atas kursi	坐在椅子上	berdiri di depan	站在前面

一天的時間 　　　　　　　　　　　　　05-5

1 Jam berapa sekarang? 　　　　　現在幾點了？

→ Jam sembilan lima menit. 　　　9點5分

→ Jam sembilan dua puluh menit. 　9點20分

→ Jam setengah delapan pagi. 　　早上7點半

→ Jam delapan malam. 　　　　　晚上8點

2 Jam berapa berangkatnya? 　　　幾點出發？

Jam berapa tibanya? 　　　　　幾點到？

＊ berangkat 出發
berangkat + -nya

＊ tibanya 到達
原型為tiba，意思為「到達」
tiba + -nya.

Jam berapa kelas dimulai? 　　　課程幾點開始？

Jam berapa kelas selesai? 　　　課程幾點結束？

＊ kelas 課程
dimulai 開始
selesai 結束

93

數字讀法

0	nol / kosong	**20**	dua puluh
			10位數單位為 puluh
1	satu		
2	dua	**21**	dua puluh satu
3	tiga	**30**	tiga puluh
4	empat	**40**	empat puluh
5	lima	**50**	lima puluh
6	enam	**80**	delapan puluh
7	tujuh	**99**	sembilan puluh sembilan
8	delapan	**100**	seratus
9	sembilan	**200**	dua ratus
10	sepuluh		百位數單位為 ratus
11	sebelas	**201**	dua ratus satu

只要在11～19的個位數數字1～9後面，加上代表「10」的單字 belas，就能表示數字。

374 tiga ratus tujuh puluh empat

12	dua belas	**1.000**	seribu
13	tiga belas	**10.000**	sepuluh ribu
14	empat belas		

一萬單位以上，在一千單位數前，寫在十、百、千的單位來表示。例）10 × 1.000 = 10.000

15	lima belas	**100.000**	seratus ribu
16	enam belas	**百萬**	sejuta
17	tujuh belas	**千萬**	sepuluh juta
18	delapan belas	**億**	seratus juta
19	sembilan belas		

在印尼語中，千位數單位不是用 , 標示，而是用 . 來標示。

一邊仔細看，一邊同時試著唸～

注意 10、100、1.000

10		puluh 10	sepuluh
100	se +	ratus 100 =	seratus
1.000		ribu 1000	seribu

特別是 10、100、1.000 的 1 出現時，不用 satu，而是將 se 加在 puluh、ratus、ribu 的前面，而形成的 sepuluh、seratus、seribu 的表達方式要特別注意！

注意 20～90

20	dua 2		dua puluh
30	tiga 3	+ puluh 10 =	tiga puluh
	～		～
90	sembilan 9		sembilan puluh

20～90 的十位數數字，是用 2～9 的數字加上十位數單位 puluh 來表示數字，百位數單位和千位數單位也是用一樣的方法來表示數字。

熱帶水果

榴槤 duriam

榴槤

　　被稱為水果之王的榴槤，因為味道很濃很特別，所以被禁止帶入機場、飯店等公共場所中。但仔細觀察榴槤的話，可以發現果肉的顏色為象牙色，果肉的口感就像奶油般滑順，味道香甜可口。印尼人非常喜歡榴槤，甚至有夾層為榴槤奶油口味的餅乾。

我是水果的國王喔～

紅毛丹 rambutan

我又想要吃香甜多汁的紅毛丹了～

這些都是我的！！

真的是…

紅毛丹的果肉顏色跟荔枝一樣，皆為白色，味道也很相似。紅毛丹只需用手輕壓中間部分，將果皮剝開，就能將果肉取出，味道非常香甜。尤其是將紅毛丹放置於陰涼處後，作為甜點吃，是最棒的。

芒果 mangga

在東南亞經常能夠看到的水果中，芒果就是其中之一。芒果的黃色果肉，是只要看到就會令人食慾大開的漂亮顏色，芒果甜度高，吃起來非常可口。

印尼的芒果種類很多，如：mangga gadung, mangga Indramayu, mangga arum manis。另外印尼芒果也可以生吃。印尼有一種花生醬水果沙拉叫「Rujak」，生芒果是其中的水果之一。

我是只吃芒果的女人～

什麼東西呀！！

97

06-1

Ming Wei

Ada apa Bu Santi? Ibu kelihatan senang sekali.

Santi

Hari ini hari ulang tahun saya.

Pacar saya akan segera datang ke Indonesia dari Taiwan.

Ming Wei

Oh, ya? Selamat ulang tahun!

Santi

Terima kasih. Jadi, saya akan mengadakan pesta pada hari Jumat.

Bisakah Anda datang ke pesta saya?

Ming Wei

Tentu saja. Tapi, hari Jumat itu tanggal berapa?

Santi

Tanggal 5 Agustus.

Ming Wei

Ok. Terima kasih atas undangannya.

→ 明威　Santi，發生了什麼事情嗎？你看起很開心的樣子。

Santi　今天是我的生日！
　　　　我男朋友馬上就要從台灣來印尼了！

明威　喔，是嗎？生日快樂！

Santi　謝謝！我星期五要開派對，你要來參加嗎？

明威　當然囉！但是，星期五是幾號呀？

Santi　8月5號。

明威　我知道了，謝謝你邀請我去參加。

06-2 🎧

單字 **P**erbendaraan kata

□ kelihatan	看起來像是～	□ mengadakan	舉辦
□ datang	來	□ pesta	派對
□ hari ini	今天	pesta ulang tahun 生日派對	
□ hari ulang tahun	生日	□ hari Jumat	星期五
□ pacar	戀人	□ bisakah	可以～嗎？
□ akan	即將（要做）～，英文的will	相當於英文的助動詞can	
□ segera	馬上	□ tentu saja	當然了
□ oh, ya?	喔，是嗎？	□ tanggal	～日、～號
□ jadi	所以，英文的so	bulan	月份
		bulan Agustus 8月	
		□ ok	英文的ok
		□ atas	關於～、為了～
		□ undangan	邀請

| tanggal~, bulan~, tahun　　　　　　～日，～月，～年 |

印尼語在說明日期時，跟我們中文是相反的。

tanggal ✚ 數字 ，✚ 月 ，tahun ✚ 數字

例 tanggal 14　＋　Februari　＋　tahun 2013
2013年2月14日

　　　　　　　　　　　　　　　　　　　＊ empat belas 十四

詢問日期有下列幾中方式：

例 Hari ini tanggal berapa?　　　　今天是幾號？

→ Hari ini tanggal 2.　　　　　　今天是2號。

Bulan apa?　　　　　　　　　　（現在是）幾月？

→ bulan Februari　　　　　　　2月。

Tahun berapa?　　　　　　　　（現在是）幾年？

→ dua ribu tiga belas　　　　　2013年

→ tahun dua ribu empat belas　2014年

→ tahun dua ribu lima belas　2015年

年分及日期是使用 berapa 詢問，但是月份則是要用 apa 詢問。

印尼語	意思	印尼語	意思
hari ini	今天	tahun ini	今年
besok	明天		
lusa	後天	tahun yang lalu	去年
kemarin	昨天	tahun depan	明年
kemarin lusa	前天		

＊印尼人們經常將「明天」、「大後天」、「較近的未來」全部用besok來表示。
　（尤其是馬上就到的日子的話，就直接用兩天後、三天後的方式表達。）

＊kemarin不只能當作「昨天」的意思，也能作為「前天」、「上週」、「上個月」使用。

　　說明星期幾時，在表示星期的「hari」後接上適當的星期名稱，就能表示。

星期	星期日	星期一	星期二	星期三
印尼語	hari Minggu	hari Senin	hari Selasa	hari Rabu
	星期四	星期五	星期六	星期幾
	hari Kamis	hari Jumat	hari Sabtu	hari apa

詢問星期幾的方式跟下列相同：

 Hari ini hari apa?　　今天是星期幾？

kelihatan	看起來像是～、看起來～

kelihatan ✚  形容詞　看起來（像是）～、看起來是～

　　kelihatan 中文為「看起來像是～」的意思，跟英文的 It looks like 同義。

例 Kamu kelihatan capai. 你看起來很累。

 3.

akan 將要做～

 akan ＋ 動詞 V 將要（做）～

表達未來即將要發生的事情時，使用跟英文的 will 同義的助動詞 akan。

> **Pacar saya akan segera datang**
> 我的戀人　　　　　馬上要來
> **ke Indonesia dari Taiwan.**
> 　　往印尼　　　　從台灣

❶ akan datang 是英文的 will come 的意思，作為整句句子的動詞。akan 跟英文的 will 相同，為「即將要～」的意思；segara 為「馬上、即刻」的意思；datang 則是「來」的意思。

例 Saya akan pulang bulan depan. 我下個月回國。

> ＊ pulang 回（家）
> bulan depan 下個月

Pak Yusuf akan pergi ke Singapura untuk kerja.
Yusuf先生去新加坡工作了。

> ＊ untuk （給～，為了～）
> untuk 本意為「給」；也含有「目的；目標」的意思。

否定時，在akan前加上tidak。

tidak akan ✚ 動詞 V　　不會（做）～

🔟 Pak Yusuf tidak akan pergi ke Singapura untuk kerja.
Yusuf 先生沒有要去新加坡工作。

❷ akan 後，接上 segera，就變成了「馬上要做～」的意思，跟英
文的 be about to 相同。

akan segera ✚ 動詞 V　　馬上要（做）～

🔟 Dia akan segera berangkat.　　他馬上就要出發了。

Toko buku ini akan segera dibuka.　　這間書店要開了

＊ toko buku 書店

dibuka為「打開」的意思。
在動詞原型buka（開）的前面加上di，就變成被動語態了。

bisakah	可以～嗎？

$$Bisa(kah) + \boxed{主詞\ S} + \boxed{動詞\ V}$$ 可以～嗎？

bisa 作為助動詞，為「可以～嗎？」的意思，跟英文的 can 同義。在書寫疑問句時，bisa 要放在句首。

「Bisa」作為疑問詞等，後面可加上「-kah」，為「Bisakah」。

回答　肯定

🗨　**Bisa.**　可以！

否定

✕　**Tidak bisa.** 不行！

 Bisakah Anda membantu saya?　你可以幫我忙嗎？

Apakah Bu Yuko bisa berbahasa Indonesia?
Yuko 小姐會說印尼語？

Terima kasih atas ～	對～感到感謝

Terima kasih 同等於英文的 Thank you。atas 原來的意思為「為了～」、「關於～」，要表示「對～感到感謝」時，在 atas 後面接上名詞型單字，用以表達感謝。

 Terima kasih atas undangannya.　謝謝你邀請我！

＊ undangan 邀請

原來邀請的單字為 undangan，在後面加上 -nya，能使句子更加通順。

> 注意　bantuan 是的意思為「幫忙」，在動詞單字 bantu 後加上 -an，而轉變為名詞形「幫助」的意思。

例 Terima kasih atas bantuan Anda.　　謝謝你的幫助。
　　　　　　　　　　　　　　　　　　　　＊ bantuan　幫助

　　 Terima kasih atas perhatian Anda.　　謝謝你的關心！
　　　　　　　　　　　　　　　　　　　　＊ perhatian　關心

＊Ma kasih.　謝謝

　　喜歡簡短句的印尼人們，在向親近的朋友們道謝時，會將 Terima kasih. 簡短為 Ma kasih. 來說。

Ma kasih.

詢問星期幾及回答　　　　　　　　　　　　　06-3

Hari ini hari apa?

今天是星期幾？

Hari ini hari Minggu.

今天是星期日。

→ Hari ini	hari Minggu	今天是	星期日　。
	hari Senin		星期一
	hari Selasa		星期二
	hari Rabu		星期三
	hari Kamis		星期四
	hari Jumat		星期五
	hari Sabtu		星期六

一邊仔細聽，一邊一起跟著唸～

06-3

 詢問日子跟回答

1 Sekarang bulan apa?　　現在是幾月？

月份 ▶ Sekarang ....　現在是幾 .... 月。

※ sekarang　現在

1月	2月	3月	4月	5月	6月
(bulan) Januari	(bulan)Februari	(bulan) Maret	(bulan) April	(bulan) Mei	(bulan) Juni

7月	8月	9月	10月	11月	12月
(bulan) Juli	(bulan) Agustus	(bulan) September	(bulan) Oktober	(bulan) November	(bulan) Desember

2 Hari ini tanggal dan bulan apa?　　今天是幾月幾號？

※ dan　還有

⇢ Hari ini tanggal 15 (bulan) Desember tahun 2009.

今天是2009年12月15號。

⇢ Hari ini tanggal 3 (bulan) Januari tahun 2010.

今天是2010年1月3號。

⇢ Hari ini tanggal 10 (bulan) Maret tahun 2011.

今天是2011年3月10號。

 ＊以日／月／年的順序書寫。在文章體或一般文書上，會將tanggal（日期）縮寫為 tgl.。
例）tgl. 15 Juli, 2012　　2012年7月15號

Apa Anda sudah menikah?

您結婚了嗎？

07-1

Tuti

Permisi, Pak. Apa Bapak sudah menikah?

Hadi

Ya. Saya sudah menikah. Kalau Bu Tuti?

Tuti

Saya belum menikah. Saya masih single.

Hadi

Apakah Bu Tuti sudah mempunyai pacar sekarang?

Tuti

Belum ada. Bapak punya berapa anak?

Hadi

Saya mempunyai 2 anak. 1 anak laki-laki,
1 anak perempuan.

Tuti

Berapa umurnya anak perempuan Bapak?

Hadi

2 tahun.

本課教你詢問家族相關問題的方式，要仔細學習喔！

→ Tuti　　先生，不好意思，請問您結婚了嗎？

Hadi　　對，我已經結婚了。您呢？

Tuti　　我還沒結婚，還是單身。

Hadi　　您現在有男朋友嗎？

Tuti　　沒有。您有幾個小孩呢？

Hadi　　我有兩個小孩，一男一女。

Tuti　　您的女兒多大了？

Hadi　　2歲。

07-2 🎧

單字 Perbendaraan kata

☐ sudah	已經～（過去式）	☐ ada	有
☐ menikah	結婚	☐ orang	人
☐ kalau	如果～的話（英文的if）	orang tua	父母
☐ belum	還沒有～	☐ anak	小孩
☐ masih	還	☐ perempuan	女性、女子
☐ single	單身	anak perempuan	女兒
☐ apakah	什麼	☐ umur	年齡
在疑問詞 apa 後也可以加上 -kah 的格式。		umurnya berapa? 幾歲了？	
☐ mempunyai	擁有、屬於	☐ tahun	年
☐ pacar	戀人		
☐ sekarang	現在		

sudah 過去式　　　　　　　　　　　已經做了～

　　sudah 為「已經做了～」的意思，用來表示過去式。印尼語和英文不同的是，動詞的時態不會改變。所以為了表達不同的時態，在動詞前面加上過去型單字 sudah，代表「已經做了～」的意思；相同的，在表達現在進行式時，在動詞前會加上 sedang，意思即為「現在正在做～」；表達未來式時，則在動詞前加上 akan，中文即翻為「將要去做～」的意思。

時態

1 . 過去式　

例 A: Kamu sudah makan?　吃飯了嗎？

　　B: Aku sudah makan.　我已經吃過了。

＊ makan 吃

2 . 現在進行式　

例 Aku sedang tulis laporan.　我現在正在寫報告。

＊ tulis 寫　　laporan 報告書

3 . 未來式　

例 Saya akan datang lagi. 我會再來的。

Pak Anto akan menjelaskan tentang surat perjanjian.
Anto 先生將會針對契約書進行解說。

＊ menjelaskan 說明
tentang 對於～
surat perjanjian 契約書

| masih | 還沒、仍然～ |

masih（還沒，仍然～）是放在動詞／名詞／形容詞前，用來表示某個狀態或動作尚未結束，還在繼續的副詞。

▶ 放在名詞前面

Saya masih **single.**　　　我還是單身。

▶ 放在動詞前面

雖然已經很晚了，但他仍然在念書。

Walaupun sudah tengah malam, dia masih **belajar keras.**

> ＊ walaupun　既使～也～、就算～也～
> tengah　正中間　belajar　念書；學習
> keras　用心地

▶ 放在形容詞前面

雖然我已經吃了很多，但還是覺得很餓。

Walaupun saya sudah banyak makan, saya masih **lapar.**

> ＊ banyak　很多地
> lapar　肚子餓

| mempunyai | 有～ |

mempunyai 的中文為「擁有～」、「屬於～」的意思，也可以簡單的翻為「有～（東西）」。

詢問時，在句子前面加上Apa (kah)，句子就變成「Apa (kah) mempunyai?」，這句話翻成中文為「有～（人事物）嗎？」的意思。

Apa(kah) Anda mempunyai pacar? 你有戀人嗎？
疑問詞　　您　　有、擁有　　戀人

回答 肯定

○ Ya, saya mempunyai pacar. 對，我已經有戀人了。

否定 Tidak, saya belum mempunyai pacar.
不，我沒有戀人。

× Belum ada. 還沒有。

在口語中，會將 mempunyai 簡化為 punya。

mempunyai = punya

 punya pacar?　　　　　　你有戀人嗎？

punya motor?　　　　　　你有機車嗎？

punya rumah?　　　　　　你有房子嗎？

punya uang?　　　　　　你有錢嗎？

Apakah dia mempunyai mobil?　他有車嗎？

Aku punya komputer.　　　我有電腦。

Saya tidak mempunyai banyak uang.　我沒有什麼錢。

＊ uang 錢　　banyak 很多的

Berapa　　　　　　　　　　　　　幾～、多少～

數字 ✛ orang ～名

算人數的方法跟下列相同：

例 1 orang　　　1名　　　　2 orang　　　2名
　 10 orang　　 10名

數量詞

數量詞	意義	數量詞	意義
~ orang	～名 算人數時	~ dolar	～美金 美國貨幣
~ ekor	～頭 算動物時	~ meter	～公尺
~ kali	～次，～回 算次數時	~ kilometer	～公里
~ Rupiah	～印尼盾 印尼貨幣	~ kilogram	～公斤

▶算人數時

教室裡有20個人。　　Ada 20 orang di ruang kelas.

辦公室裡有10位職員。　　Ada 10 karyawan di kantor.

＊ kantor　辦公室
　karyawan　職員

▶算動物時

2頭山羊。　　　　2 ekor kambing

▶ 説明次數時

| 一次 | 1 kali | 兩次 | 2 kali |

▶ 公尺

| 200公尺 | 200 meter |

▶ 印尼貨幣

| 3,500盾 | 3.500 rupiah |

▶ 公里

| 30公里 | 30 kilometer |

請注意在印尼文的表示中，千位數及百位數之間加上一個.（小數點）

▶ 美國貨幣

| 100美金 | 100 dolar |

▶ 公斤

| 50公斤 | 50 kilogram |

5.

| -nya | 特定的人、事、物 |

-nya 是用來強調特定的人、事、物。

Berapa + umur (nya) ~?　年紀多大了？

 Berapa umur (nya) istri Bapak?　　（那位）先生的老婆幾歲？

Berapa umur (nya) pacar kamu?　　你的戀人幾歲？

各種稱謂

家族 ▶ Keluarga

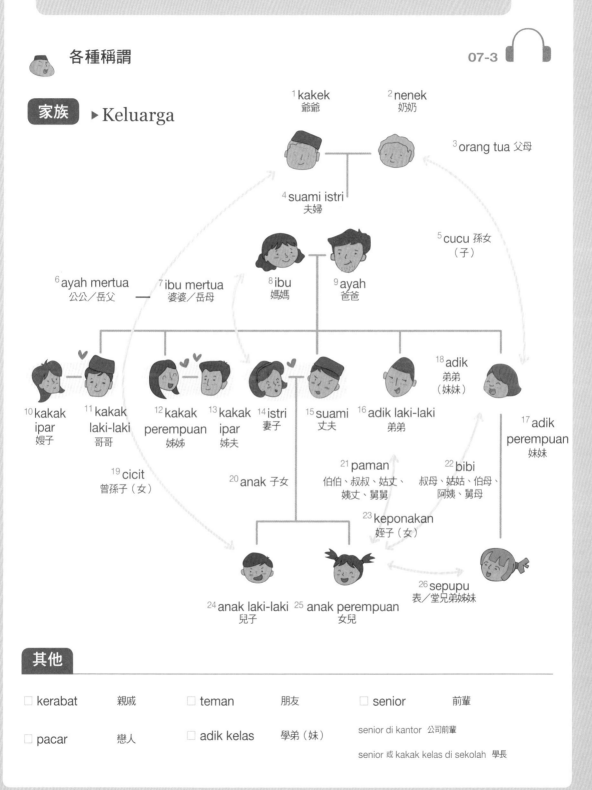

1 kakek 爺爺
2 nenek 奶奶
3 orang tua 父母
4 suami istri 夫婦
5 cucu 孫女（子）
6 ayah mertua 公公／岳父
7 ibu mertua 婆婆／岳母
8 ibu 媽媽
9 ayah 爸爸
10 kakak ipar 嫂子
11 kakak laki-laki 哥哥
12 kakak perempuan 姊姊
13 kakak ipar 姊夫
14 istri 妻子
15 suami 丈夫
16 adik laki-laki 弟弟
17 adik perempuan 妹妹
18 adik 弟弟（妹妹）
19 cicit 曾孫子（女）
20 anak 子女
21 paman 伯伯、叔叔、姑丈、姨丈、舅舅
22 bibi 叔母、姑姑、伯母、阿姨、舅母
23 keponakan 姪子（女）
24 anak laki-laki 兒子
25 anak perempuan 女兒
26 sepupu 表／堂兄弟姊妹

其他

☐ kerabat　親戚　　☐ teman　朋友　　☐ senior　前輩

☐ pacar　戀人　　☐ adik kelas　學弟（妹）

senior di kantor　公司前輩

senior 或 kakak kelas di sekolah　學長

算人數

Ada berapa orang semuanya?　　　總共多少人？

→ Ada　**2**　orang.　　　共兩人。

　　　　　3　　　　　共三人。

　　　　　4　　　　　共四人。

→ Tidak ada.　　　　　沒有人。

數字的用法請參考 P96

 詢問年齡

Berapa umur ibu anda?　　　您母親幾歲呢？

53 tahun.　　　53歲。

Berapa umur anak laki-lakinya?　　　（那個人的）兒子幾歲了？

→ 7 tahun.　　　七歲。

Berapa umur suaminya?　　　（那個人的）老公幾歲了？

→ 30 tahun.　　　三十歲。

齋戒月和春節

齋戒月 Ramadan

我肚子好餓～

不忍不行呀～

印尼有許多不同的宗教信仰，因此也有非常多的節慶日。其中，尤其以信仰人數最多的伊斯蘭教相關的節慶非常的多且盛大。對印尼的穆斯林們來說，最重要的節慶為齋戒月。在這個月裡，回教徒從白天（從日出到日落）都不能吃東西（禁止飲食）。

齋戒月 Ramadan 是以伊斯蘭的陰曆計算，算出來相當於每年的第九個月。在齋戒月期間，大部分的餐廳都會停止營業。而開齋節 Lebaran（也稱為 Idul Fitri）是齋戒月結束後所舉辦的盛大且歡樂的慶祝日。這天跟我們的春節相同，會舉家返鄉或是拜訪親戚長輩、職場上司等以慶祝過節，也會以家中自製的餅乾糖果送禮。

哈哈哈，你來啦～

新年快樂

春節 Imlek

印尼的華人會過陰曆年（Imlek），就跟我們的春節相同。春節曾因為受到前總統蘇哈托（Suharto）執政後鎮壓華人政策的影響，而短暫消失過；但隨著前總統瓦希德（Abdurrahman Wahid）的華人壓制政策的改善，春節又得以重新舉行。

過去，只能在以中國城為中心的地方看得到過年的氣氛；但現在以百貨及商店為中心，甚至到市區，都可以看到到處貼著紅色的紙張，上面有四個以黃金色寫著的漢字，象徵「能夠賺很多錢」的「恭喜發財」的春聯。

恭喜發財

過年時，印尼的華人們會拜訪親戚家，帶著以紅色紙張上，用黃金色寫的「恭喜發財」的春聯所裝飾的水果籃送禮。另外，所有的親戚會聚集在同一個地方，小孩子們跟年輕人們會向爺爺奶奶及長輩們行禮，並收取紅包。

恭喜發財

Pelajaran 08

Hobi saya menonton film.

我的興趣是看電影！

08-1

Lina Kalau ada waktu, apa yang biasanya Pak Anto lakukan?

Anto Saya biasanya berkunjung ke rumah teman saya atau pergi belanja.

Kalau ada waktu, apa yang biasanya Bu Lina lakukan?

Lina Hobi saya menonton film. Jadi, saya sering nonton film.

Anto Bu Lina suka film apa?

Lina Saya sangat suka film komedi.

Omong-omong, apakah Anda pernah menonton film Taiwan?

Anto Ya, saya pernah menonton film Taiwan. Film Taiwan itu sangat menarik.

→ Lina　有空時，Anto 你都在做什麼呢？

Anto　我大部分都去朋友家玩或是去購物。

　　　那 Lina，你有空時，都做些什麼呢？

Lina　我的興趣是看電影，所以我常常會去看電影。

Anto　Lina，你喜歡看什麼類型的電影呢？

Lina　我非常喜歡看喜劇。

　　　你看過台灣電影嗎？

Anto　恩，我看過。台灣電影很有趣。

08-2 🎧

單字 Perbendaraan kata

☐ waktu	時候、期間、～的時候	☐ jadi	所以
☐ (me)lakukan	做	☐ sering	經常、常常
☐ berkunjung	訪問、拜訪	☐ suka	喜歡
☐ rumah	家	☐ sangat	很
☐ teman	朋友	☐ komedi	喜劇
☐ atau	或許	☐ omong-omong	但是～，所以說～
☐ belanja	購物、買賣	☐ pernah	曾經做過～
☐ hobi	興趣	☐ film Taiwan	台灣電影
☐ menonton	看、觀賞	☐ menarik	有趣的、有魅力的
☐ film	電影		

> **Kalau ada waktu, apa yang biasanya Pak Anto lakukan?**
> 有空時，Anto 你都做些什麼？

❶ Kalau ada waktu

「kalau ada waktu」整句話為「有空的時候」，請務必要背起來，以便使用。

❷ apa yang biasanya Pak Anto lakukan?

yang 是指「～的事情」，跟用來修飾放在 yang 前面的單字有連接關係。「apa yang biasanya Pak Anto lakukan？」，這個句子，從 yang 之後的句子都是用來修飾 apa 的。這句話翻成中文為「Anto 先生，你平常都做些什麼事？」。

atau	或是～

atau 翻成中文為「或是做～，」的意思，同等於英文的 or 的用法。讓我們一起來看看其他的連接詞吧！

> dan　　和～、還有～

例 Pak Lin bisa berbahasa mandarin dan Inggris.
林先生會說中文和英文。

Bu Susi mempunyai seorang anak laki-laki dan mempunyai seorang anak perempuan.
Susi 有一個兒子，還有一個女兒。

> (te)tapi　　但是…

tapi 是 tetapi 的簡化語

例 Baju ini cantik, (te)tapi terlalu mahal.
這件衣服很漂亮，但太貴了。

例 Anjingnya lucu, tapi galak dan suka gigit orang.
他的狗可愛，但非常兇暴，還有喜歡咬人。

　　　　　※ anjing 狗　galak 兇狠、兇惡　gigit 咬　awas 注意
　　　　　　　　　　　　　　　　　gila 瘋狂的

Awas anjing gila! 翻為中文為「注意惡犬」的意思。

jadi　　所以…

例 Saya suka makanan pedas. Jadi saya sering makan masakan padang.
我很喜歡吃辣的食物，所以經常吃巴東料理。

　　　　　　　　　　※ pedas 辛辣的
　　　　　　　　　　makanan 食物
　　　　　　　　　　sering 很常、經常

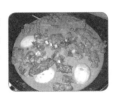

Dia orang kaya, jadi punya banyak mobil.
他是有錢人，所以擁有很多台車。

　　　　　　　　　　　　　　　※ kaya 有錢人
　　　　　　　　　　　　　　　punya 擁有
　　　　　　　　　　　　　mobil 汽車（自家用）

karena　為什麼（這樣說呢），…、因為…

例 Dia manja karena dia anak tunggal.
他被寵壞，因為他是獨生子。

　　　　　　　　　　　　※ manja 不成熟的、幼稚的
　　　　　　　　　　　　karena 因為～
　　　　　　　　　　anak tunggal 獨生子

Lina kelihatan sedih karena dia baru saja putus dengan pacarnya.
Lina 看起來很難過，因為他才剛剛跟他戀人分手。

　　　　　　　　　　　※ sedih 傷心的、難過的
　　　　　　　　　　　baru 馬上就～
　　　　　　　　　　putus 分手、分開

121

3. ~ apa? 什麼～？

 名詞 ＋ apa 什麼～？

例 film apa~?　　什麼電影？

kamar apa~?　什麼樣的房間？

4. sangat 很

sangat 翻成中文為「很～」的意思，放在動詞或形容詞的前面，用來修飾動詞或形容詞。

例 Saya sangat suka film komedi.　　我很喜歡喜劇電影。

Pak Yanto sangat rajin.　　Yanto 先生很勤勞。

5. suka 喜歡～

suka ＋ 目的語 喜歡～

例 Tuti suka film kartun.　Tuti 喜歡動畫電影。

tidak suka ＋ 目的語 討厭～、不喜歡～

例 Ming wei su suka makanan Indonesia, tapi tidak suka masakan padang.
明威喜歡印尼菜，但不喜歡巴東料理。

tidak begitu suka ✚ 不是那麼喜歡～

例 Pak Lee tidak begitu suka kucing.

李先生不是很喜歡貓咪。

動物

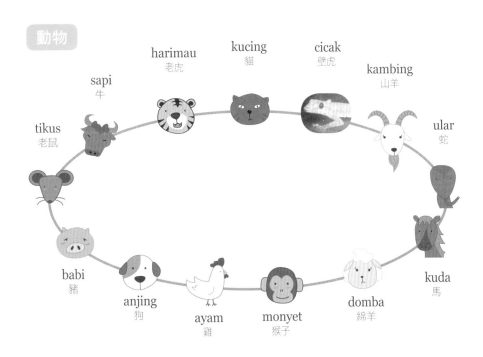

harimau
老虎

kucing
貓

cicak
壁虎

kambing
山羊

sapi
牛

ular
蛇

tikus
老鼠

babi
豬

kuda
馬

anjing
狗

ayam
雞

monyet
猴子

domba
綿羊

Apakah ... pernah ~ ?　　　　　有～的經驗嗎？

　　pernah 是用來表示「經驗」的單字，中文為「曾經～嗎？、有～的經驗嗎？」。詢問對方「曾經有過～的經驗嗎？」這句話時，要記得將 apakah 放置在句首。

例 Apakah Anda pernah pergi ke Jakarta?
您去過雅加達嗎？

Apakah Anda pernah menonton film Indonesia?
您看過印尼的電影嗎？

談論興趣 08-3

| Hobi Anda apa? | 你的興趣是什麼？ |

→ Hobi saya

berolahraga.	我的興趣是運動。
membaca buku.	我的興趣是閱讀。
bermain game.	我的興趣是打電動遊戲。
nonton film.	我的興趣是看電影。

興趣 ▶ Hobi saya _____. 我的興趣是 _____。

berolahraga 運動	bermain internet 上網	berjalan-jalan 旅行
memasak 下廚	jalan jalan naik mobil 兜風	jalan kaki santai 散步
mendengar musik 聽音樂	bermain futsal 五人制足球	memotret 攝影

簡易足球
FUTSAL 是 Futbol de salon 的簡化語。
這項運動是最近印尼人們非常喜歡的一種室內運動。
Futsal 是五人制足球。玩法和傳統足球不太一樣，如果傳統足球是在室外球場踢，五人制足球則是在室內球場進行。

喜歡與討厭   08-3

Apa(kah) Anda suka bulu tangkis?   您喜歡打羽毛球嗎？

→ Ya, saya suka.   對，我喜歡打羽毛球。

→ Tidak, saya tidak suka.   不，我不喜歡打羽毛球。

→ Saya tidak begitu suka.   我不太喜歡打羽毛球。

運動 ▶ Apa (kah) Anda suka _____? 你喜歡嗎 _____？

sepak bola
足球

bola basket
籃球

berenang
游泳

tenis meja
桌球

tenis
網球

boling
保齡球

bilyar
撞球

bulu tangkis
羽毛球

休閒

好呀～好呀～

今天要不要去唱歌呀？

在印尼的首都雅加達，有許多不同主題的夜店、酒吧及卡拉ok 等的娛樂設施，還有許多運動設施。週末時，夜店和酒吧都會營業到清晨。印尼的年輕族群們只要到了週末，就會在夜店或是酒吧裡享受一整晚的盛大派對。

另外，印尼也以雅加達族的傳統表演和峇里島的按摩而聞名。

喔乎～應該要像這樣跳舞才對～

yo～

▶ 夜店

在雅加達，有許多像在全球聞名的夜店規格般華麗且大型的夜店。其中夜店 X2 在雅加達是最大的夜店，且非常受到年輕族群們的歡迎。

▶ 餐廳和酒吧

位於雅加達南邊的 JI . Kemang Raya 大道和 Blok M 上，有許多非常高級的，具有異國風情的餐廳和酒吧。菜單從傳統的印尼菜式到日本料理、西洋料理等都有，非常多樣化。

▶ 按摩

　　在印尼的旅行當中，絕對不能錯過的就是按摩。印尼式按摩的價格低廉，且使用像是酪梨、木瓜及可可亞等天然的素材的按摩，不只是受到當地人的歡迎，連在外國觀光客中也相當地有人氣。

　　尤其是連在一般的美容室才會做的頭皮按摩，價格也相當低廉。因此，不只是受到印尼人的歡迎，也受到外國觀光客的歡迎。

尤其，外國人們最喜歡到峇里島上的度假村或飯店，這些地方有許多考到資格證的專業按摩師，為客人提供各式各樣的按摩。

▶ 運動設施

（1）游泳池

在印尼，有許多乾淨、設備良好的一般室外游泳池。但是，大家都喜歡到不是那麼擁擠，能夠一個人安靜地享受游泳的五星級高級飯店的游泳池。

（2）保齡球館

在 Ancol 遊樂場中，設有許多運動設施，印尼人們非常喜歡。在印尼，保齡球館並不多，主要都是在遊樂園中所附設的保齡球場打保齡球。

（3）Kelapa Gading Sport Center

呼哈！！
我一定要再次變身為肌肉男！！

位於印尼中心的 Kelapa Gading Sport Center，設有瘦身、三溫暖、游泳場、網球場、籃球場等的設施。

Pelajaran 09

Jalan terus.
請一直往前走！

09-1

Mina

Permisi, Pak. Boleh saya tanya?

Orang yang lewat

Ya, boleh. Ada yang bisa saya bantu?

Mina

Apakah ada kantor pos di sekitar sini?

Orang yang lewat

Ada Kantor Pos di sekitar sini.
Dari sini jalan lurus sampai, di perempatan belok kiri, dan Kantor Pos ada di sebelah kanan.

Mina

Apakah jauh dari sini ke sana?

Orang yang lewat

Tidak begitu jauh. Dari sini kira-kira 5 menit jalan kaki.

Mina

Terima kasih.

→ Mina　不好意思，可以請教您一下嗎？

行人　好，需要我幫你什麼嗎？

Mina　這附近有郵局嗎？

行人　這附近有郵局，從這邊直走，在路口左轉，右手邊就是了。

Mina　從這裏到郵局很遠嗎？

行人　沒那麼遠，用走的話，大約五分鐘左右。

Mina　謝謝你！

09-2

單字 Perbendaraan kata

□ boleh	可以	□ sebelah	〜的方向
□ tanya	詢問	□ kanan	右邊、右手邊
□ bisa	可以〜	di sebelah kanan 在右邊的	
□ bantu	幫忙	□ jauh	遠的（距離）
□ kantor pos	郵局	□ ke	往〜的方向
□ sekitar	周邊、附近	□ ke sana	到那裡為止
□ sini	這裡	□ kira-kira	大概、大約
di sekitar sini 在附近		□ menit	分鐘
□ lurus	往前走、直走	□ 5 menit	5分
□ belok	轉彎、改變方向	□ jalan	走路
□ kiri	左邊	□ kaki	腳
□ perempatan	十字路口	jalan kaki 走路	

| Boleh ~? | 做～也可以嗎？ |

Boleh~ + 主詞 S + 動詞 V ～？ 允許、許可

在取得許可時，所問的「做～也可以嗎？」這句話時，可以使用「Boleh」這個單字。回答時，若是肯定句，則回「Boleh .」（可以）；回答為否定時，則回「Tidak boleh .」（不行）。

例 Boleh saya tanya? 可以請問一下嗎？

→ Ya, boleh. 好，可以。

例 Boleh saya ikut? 可以跟你一起去嗎？

→ Tidak boleh. 不行！

| Ada yang bisa saya bantu? | 有什麼需要幫忙的嗎？ |

「Ada yang bisa saya bantu?」的中文為「有什麼地方是我可以幫忙的嗎？」，主要是在商店工作的店員詢問客人時所使用的，也可以翻為「有什麼需要幫忙的嗎？」。也可以使用「Bisa dibantu?」詢問對方。

＊Bisa dibantu? 需要幫忙嗎？

dibantu 在原形 bantu（幫忙）前面加上di，就變成被動形，意思為「得到幫助」。

直接翻譯「Bisa dibantu?」這句話，是指「可以接受幫助嗎？」，可以引申為「需要幫忙嗎？」。

Bisa dibantu?

3.

| Apakah ada ~? | 有～嗎？ |

❶ 詢問事物是否存在時，在ada（有～）的前面加上疑問詞 Apakah，句子就變為「有～嗎？」的意思。

Apakah ada ~ ?
疑問詞　有

有～嗎？

例 Apakah ada kamus?　有字典嗎

❷ 詢問某地是否有某物時，在句子後面接上 di＋場所，句子的意思就為「在～（地方），有沒有～？」。

Apakah ada ~ di + 場所
疑問詞　有　在～（地方）

在～（地方）有～嗎？

例 Apakah ada WC di sini?　這裡有化妝室嗎？

 在口語表達時，把 Apakah 省略，簡單的以「Ada WC di sini?」，中文為「這裡也有化妝室嗎？」的意思。

印尼語	意思	印尼語	意思
sini	這裡 較近的場所的代名詞	sana	那裡 較遠的場所的代名詞
situ	那裡 特定場所的代名詞	mana	哪裡

例 Embak, di sini jual sepatu?　小姐，這裡有賣鞋子嗎？

例 Oh, itu ada di situ.　　　　　　呀，那裡有喔！

Apakah ada Hero di sana?　　　那裡有 Hero 嗎？

Hero 是印尼的連鎖超市的名字。

4.

di sekitar sini　　　　　　　　　　附近

di sekitar sini　　　這附近
在～　周邊　這裡

例 Dia tinggal di sekitar sini.　　他住在這附近。

Ada bandara di sekitar sini.　這附近有機場。

＊ bandara　機場

5.

di sebelah kanan　　　　　　　　在右邊

di sebelah kanan　　　在右邊
在～　方向　右邊

方向

lurus
正前方、直進

kiri
左邊

kanan
右邊

utara
北方

barat
西方

timur
東方

selatan
南方

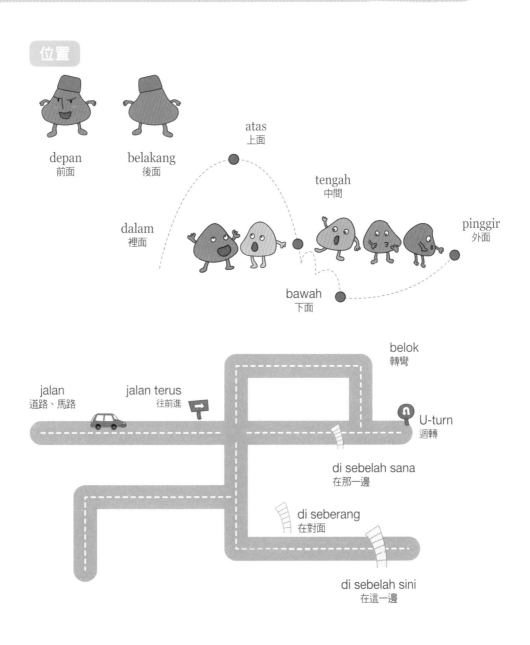

位置

depan
前面

belakang
後面

atas
上面

tengah
中間

dalam
裡面

pinggir
外面

bawah
下面

belok
轉彎

jalan
道路、馬路

jalan terus
往前進

U-turn
迴轉

di sebelah sana
在那一邊

di seberang
在對面

di sebelah sini
在這一邊

dari~ ke ~   從～到～為止

　　dari～ke～的意思為「從～到～為止」，是用來表現從出發地到目的地的表達方式。

　　berapa lama 是用來表示「時間、路程等的花費時間」，在本課是指路程的花費時間。

> ## Dari sini ke sana berapa lama?
> 從～　這裡　到～　那裡　　多少　　期間

㊁ Berapa lama Bapak akan menginap di Surabaya?　→ 1minggu.
先生要在泗水待上幾天呢？　　　　　　　　　　　→ 一個星期。

＊ menginap 滯留、停留

Berapa lama Anda belajar bahasa Indonesia?　→ 6 bulan.
你學印尼語多久了？　　　　　　　　　　　→ 六個月了。

Berapa lama Anda berada di Indonesia?　→ 1 tahun.
你在印尼待多久了？　　　　　　　　　→ 一年了。

~ menit	~分

　數字　╋ menit ～分　jam ╋ 數字 ～點

　　要表示分鐘時用「menit」，「數字＋menit」則代表「～分鐘」。

分	印尼語	注意
10分	10 menit	
20分	20 menit	一個小時為 stau jam 但一點為 jam stau
15分	15 menit	
30分	30 menit	一小時半的印尼語為 setengah jam

jalan kaki 走路

 走路

例 naik becak	搭乘人力拉車（三輪車）	
naik ojek	搭乘摩托計程車	
naik taksi	搭乘計程車	

交通方式

 bus 公車

 angkutan 廂型車

angkot 為 angkutan 的簡短語，跟市區巴士相同。
根據路線的不同，廂型車的顏色也不同。

 taksi 計程車

 sepeda 腳踏車

 ojek 摩托計程車

pesawat 飛機

 sepeda motor 機車

 becak 人力車（三輪車）

 kereta api 火車

問路 09-3 🎧

Permisi, kalau mau ke stasiun Gambir lewat mana, **Pak** ? 向男性詢問時

Bu 向女性詢問時

不好意思，如果要去Gambir站，要往哪邊走呢？

⁑ lewat 經過～

Permisi, kalau mau ke TETO
lewat mana, Bu?

不好意思，如果我要到駐印尼台北辦事處，
要往哪邊走呢？

⁑ TETO: Taipei Economic and Trade Office, Jakarta,
Indonesia 駐印尼台北經濟貿易代表處

問路 ▶ permisi, kalau mau ke _____ lewat mana, Bu?
不好意思，如果要去 _____，要往哪邊走呢？

 bank
銀行

 perpustakaan
圖書館

 toko buku
書店

～要花多少時間呢？　09-3

Dari sini ke sana naik	bus	巴士	berapa lama?
從這裡到那裡搭乘	becak	人力車（三輪車）	要花多少時間？
	ojek	摩托計程車	
	laksi	計程車	
	kereta api	火車	

Dari sini ke sana naik bus berapa lama?
從這裡到那裡，搭乘巴士要花多少時間？

kira-kira 30 menit.
大約（要花）30分鐘。

137

大眾交通

在像豆芽菜般擁擠，乘客們緊緊貼在一起的公車或火車中，經常會有扒手，因此，外國人搭乘小客車或是計程車會比較安全。

　　除了主要城市鄰近地區，大多是不好行走的、未鋪過石油的路。印尼的街道上充斥著公車、小型巴士、計程車、小轎車。在交通堵塞的道路上，充斥著販賣飲料、麵包、餅乾的小攤販，甚至在雨天時，還有用抹布擦拭窗戶，專取錢財的人們，在街邊賣唱賺錢的 pengamen、乞丐 pengemis 等，及最近才新頒布的 3 in 1 制度的實行區段裡，載客賺錢的人等各式各樣的小攤販。

計程車 taksi 和公車 bus

　　印尼有許多的計程車公司，其中以 Blue bird、Silver Bird、Morante，Lintas Buana 等公司比較安全。（跟台灣的台灣大車隊類似）

　　＊Blue bird 的計程車基本費用：5,000 印尼盾左右

　　印尼的公車從一般大眾所搭乘的大眾巴士到中間層級的巴士，及最豪華、高級的巴士都有。一般大眾巴士，在上車時支付車費；中間層級的巴士和最豪華的巴士可以事先在公車客運站購票。

廂型車 angkot　市區巴士

　　原本稱為 angkutan，簡稱為 angkot。依路線不同，廂型車的顏色也不同。

　　廂型車的司機往往會為了載到最大量的乘客數，不到車子裡擠滿了乘客為止，絕對不開車。

火車 kereta api

　　火車只在印尼的爪哇島和蘇門答臘島上才有運行。經濟艙為一般大眾所使用的，價格也最低。在火車裡，充斥著滿滿的扒手、小攤販和大型行李，搭乘的乘客擠成一團，非常的吵雜。商務艙則裝置著電風扇，備有舒適的座椅。裝有空調的頭等艙雖然最貴，但擁有專用的座椅。

3 in 1制度實行 (three in one)

　　最近政府制定了做為解決交通堵塞的舒緩劑的逸事，名為3 in 1制度，在交通堵塞最嚴重的上下班時間帶：早上7點～10點，下午4點30分～晚上7點為止，在雅加達的市內，所實施的地段上，搭乘三人以上的車輛才能通過的制度。但交通堵塞問題仍然相當嚴重。

嘟嘟車 bajai

　　可以乘坐2～3人的改裝的摩托車計程車，主要用於短距離的移動。雖然引擎聲和煤煙有點不方便，但短距離移動時、經過交通堵塞很嚴重的地方時，使用起來相當方便。

人力車（三輪車） becak

　　除了雅加達，人力車是其他主要城市和觀光地，經常使用的交通手段。

摩托計程車 ojek

　　摩托計程車主要是上下班時間移動時，或是前往經常塞車的地方時，所使用的交通工具。雖然跟我們國家的外送摩托車相同，有快速的優點，但經常發生事故。

機車 sepeda motor

　　印尼的交通阻塞問題相當嚴重，經濟上不是那麼寬裕的一般民眾，時常利用摩托車移動。在印尼各地，經常可以看到販賣摩托車的商家（特約店）。

Pelajaran 10

Apakah Bapak bisa berbahasa Indonesia?

先生，您會說印尼語嗎？

10-1

Tuti

Permisi, Pak. Apakah Bapak bisa berbahasa Indonesia?

Ming Wei

Ya, bisa.

Tuti

Kalau begitu, berapa lama Bapak belajar bahasa Indonesa?

Ming Wei

Sudah 2 tahun saya belajar bahasa Indonesia.

Tuti

Bahasa Indonesia Bapak sangat lancar.

Kapan Bapak datang ke Indonesia?

Ming Wei

Terima kasih.

Saya datang ke Indonesia tahun yang lalu.

Tuti

Tapi, ada urusan apa Anda datang ke Indonesia?

Ming Wei

Saya datang ke Indonesa untuk belajar kebudayaan Indonesia.

Tuti	先生，不好意思！請問您會說印尼語嗎？
明威	是，我會！
Tuti	那麼，您學了多久的印尼語呢？
明威	我學印尼語已經兩年了。
Tuti	先生，您的印尼語說得真好！
	什麼時候來印尼的？
明威	**謝謝**！
	我去年才來印尼的。
Tuti	但是，是為了什麼來印尼呢？
明威	我是為了學習印尼語化才來的。

10-2

單字 Perbendaraan kata

☐ bisa	可以～、會		☐ 2 tahun	2年
☐ berbahasa	說（語言）		☐ lancar	流暢的、流利的
☐ kalau begitu	那麼		☐ (te)tapi	但是
☐ berapa lama	多久		☐ urusan	事情、要事
☐ belajar	學習		ada urusan apa	什麼事情？
☐ bahasa	語言		☐ untuk	為了做～、～用途的
bahasa Indonesa 印尼語			☐ kebudayaan	文化
☐ sudah	已經～			

| bisa | 可以～、會 |

意思為「可以～」的 bisa，跟英文的 can 一樣為助動詞，是表現能力、可能性的動詞，放在一般動詞前面。

bisa ＋ 動詞 V ＝ 可以～

例 bisa datang 可以來。

bisa的語順

1. 肯定句 bisa ＋ 動詞 V ＝ 會～

Saya ＋ bisa ＋ berbahasa Inggris. 我會說英文。
我　　可以　　　說英文

2. 否定句 tidak bisa ＋ 動詞 V ＝ 不能～／不會～

Saya ＋ tidak bisa ＋ berbahasa Indonesia. 我不會說印尼語
我　　　不會　　　　說印尼語

3. 疑問句 詢問「可以～嗎？」時，有兩種方式可以提問。

❶Apakah ＋ 主詞 S ＋ bisa ＋ 動詞 V ＝ 可以～嗎？

Apakah ＋ Bapak ＋ bisa ＋ berbahasa Indonesia? 先生，您會說印尼語嗎？
～嗎？　 先生　　 會　　　說印尼語，

❷ Bisa(kah) ✚ 主詞 S ✚ 動詞 V ~? 可以～嗎？

Bisakah + Anda + berbahasa Inggris?　你會説英文嗎？
會～嗎？　你　　　說英文

例 Bisa dibantu?　需要幫忙嗎？

4 . 回答

肯定
○ Ya, bisa.　　是，可以。

否定
Tidak bisa.　　不行。

| bahasa | 語言 |

bahasa ✚ 國家名 ～語

國家的名字，第一個字母要大寫。

印尼語	意思	印尼語	意思
bahasa Indonesia	印尼語	bahasa Vietnam	越南話
bahasa Taiwan	韓語	bahasa Inggris	英語
bahasa Jepang	日語	bahasa Perancis	法語
bahasa Mandarin	中文	bahasa Spanyol	西班牙語

3.

berapa lama~?	多久

berapa 是針對數字詢問的疑問詞，用 berapa 這個字，可以問價格、年齡、電話號碼、時間，及期間等問題。

▶ 詢問期間時

在 berapa 後接上意為「～期間」的單字 lama 詢問，就為「多久」的意思。

Berapa lama Anda belajar bahasa Inggris?
您學英文學多久了？

→ 3 tahun.   3 年了。

▶ 詢問價格時

Itu harganya berapa?   那個多少錢？

→ 3.500 rupiah.   3,500 印尼盾

▶ 詢問年齡時

在對話中，berapa 主要放在句子的最後面。

Umurnya berapa?   幾歲了？

→ 25 tahun.   25歲了。

▶ 詢問時間時

Jam berapa?   幾點了？

→ Jam 5 sore.   下午五點。

▶ 詢問電話號碼時

Nomor telepon kamu berapa?   你的電話幾號？

→ Nomor telepon saya adalah 555 - 4433.
我的電話是555-4433。

Nomor handphone kamu berapa?   你的手機幾號？

→ 0812 - 8799 - 9900   0812 - 8799 - 9900。

sudah 做了～

雖然在前面已經學過了，但是我們再來實際地複習一次吧！在英文中，為了表示過去式、現在是、未來式，會有動詞的變化。例如：

see 現在 - saw 過去 - will see 未來

但是，印尼語是沒有動詞的變化的。作為替代，會在動詞前面加上 sudah（已經做了～）、sedang（正在做～）、akan（要去做～），用來表現時態。

■過去時態

例 Aku sudah kirim email ke(pada) kamu tadi malam.
我昨晚傳一封郵件給你了。

kepada 在口語中可以省略 pada，只留下 ke。

只是，如果句子裡出現了 kemarin（昨天）、tadi（上次、剛剛）、minggu yang lalu（上個星期）等表現過去時間單字的情況下，sudah 可以省略。

例 Saya pergi ke perpustakaan kemarin. 昨天我去了圖書館。

kapan 什麼時候

kapan 跟英文的 when 一樣為疑問詞，意思為「什麼時候」。放在句子的最前面詢問。回答時，可以像下列的方式回答：

1. 去年　| 數字 | ➕ | tahun | ➕ | yang lalu
年

2. 上個月　| 數字 | ➕ | bulan | ➕ | yang lalu
月

3. 上週　| 數字 | ➕ | minggu | ➕ | yang lalu
星期

例 Kapan Anda pergi ke Indonesia?　什麼時候去了印尼？

→ Tahun yang lalu.　去年。

→ 2 tahun yang lalu.　兩年前。

Kapan Bu 2heng kembali lagi?　鄭小姐什麼時候回來了？

→ Minggu yang lalu.　上個星期。

→ 3 minggu yang lalu.　三個星期前。

日 / 月 / 年					
日 hari	前天	昨天	今天	明天	後天
	kemarin lusa	kemarin	hari ini	besok	lusa

週 minggu	兩週前	上週	這週	下週
	2 minggu yang lalu	minggu yang lalu	minggu ini	minggu depan

月 bulan	兩個月前	上個月	這個月	下個月
	2 bulan yang lalu	bulan yang lalu	bulan ini	bulan depan

年 tahun	兩年前	去年	今年	明年
	2 tahun yang lalu	tahun yang lalu	tahun ini	tahun depan

（當地的表達方式）dua hari yang lalu 兩天前

untuk	為了～

untuk 的意思為「為了～」，跟英文的 for 同義。

untuk + 動詞 V　為了～

Ada urusan apa datang ke Indonesia?
您為了什麼事情到印尼來呢？

→ Saya datang ke Indonesia untuk bekerja.
我是為了工作才到印尼來的。

什麼時候　　　　　　　　　　　　　　　10-4 🎧

> Kapan Anda datang ke Indonesia?
> 您什麼時候來印尼的？

> Saya datang ke Indonesia kemarin.
> 我昨天才到印尼的。

Kapan Anda datang ke Indonesia?　　　　　　　　您什麼時候來印尼的？

→ Saya datang ke Indonesia

tahun yang lalu	. 我去年才來印尼的。
2 tahun yang lalu	我兩年前來的。
3 minggu yang lalu	我三週前來的。

為了什麼事情

10-4

Ada urusan apa Anda datang ke Indonesia?
您是為了什麼事情到印尼來呢？

→ Saya datang ke Indonesia untuk

berjalan-jalan	來旅行的。
cuci mata	來觀光的。
urusan bisnis	來洽商的。
kerja	來工作的。
belajar	來念書的。

▶ Saya datang ke Indonesia untuk ....

我來印尼是為了 .... 。

belanja

購物

bertemu teman

跟朋友見面

mengunjungi saudara

拜訪親戚

觀光

獨立紀念塔－Monas

位於獨立紀念廣場中央，高度132呎的獨立紀念塔是為了紀念印尼獨立（1945年8月17日）所建造的。在塔的頂端有瞭望台，可以俯瞰整個雅加達市內。在塔的地下室，以影像裝飾了印尼從荷蘭及日本脫離的獨立過程。

Taman Mini Indonesia Indah

Taman Mini Indonesia Indah 的中文為「美麗印尼的小型公園」的意思。在公園內，有 27 個主要的地方文化，用迷你版的各地的傳統建築裝飾，陳列著各地方的傳統服飾、文化、小東西等。就像是我們的小人國一樣，這個地方是為了能夠一次看完整個印尼的全貌而建造的，不只是印尼當地人，連外國觀光客也經常到此訪問。

皮影戲博物館－Museum Wayang

Museum WaYang 為皮影戲博物館，在館內展示了許多在皮影戲中所使用的皮影戲人偶。展示了從印尼到柬埔寨、中國、馬來西亞的各式各樣的皮影戲人偶們。另外，也有印尼的代表性皮影戲 Wayang Kulit 和木偶戲 Wayang Golek 的表演可以觀賞。

Taman Impian Jaya Ancol

面積達 300 公頃的 Taman Impian Jaya Ancol，是印尼人們經常前往的遊樂園，他們將這遊樂園的名字簡化為 Ancol 稱呼。在遊樂園內，設有販賣繪畫、雕刻及工藝品的商店和展示藝術品所形成的藝術市場 Pasar seni，為了小孩們玩樂的水族館、與美國迪士尼樂園相似的歡樂花園 Dunia Fantasi，以及為了大人們而設置的高爾夫球場、帆船場、游泳池和保齡球館等運動設施及舞廳等娛樂設施。

高山渡假勝地－puncak

從雅加達花費 2 小時抵達的 puncak，因為位於高山，所以非常涼爽，是雅加達人們經常前往的度假勝地，這附近有許多各式各樣的飯店，在前往 puncak 的道路周圍，有許多的小攤販和各式各樣的餐廳。在零食中，烤玉米是最有特色的。

2. 日惹城 Yogyakarta

*簡稱為(Yogya)

婆羅浮屠 佛教寺院－Candi Borobudur

傳統爪哇文化中，保存最好且留下最多的是位於日惹城中，第3代佛教遺址婆羅浮屠佛教寺院及巴蘭班南印度教寺院等古代爪哇遺址，為印尼的觀光核心。作為單一建築物，為世界最大規模的婆羅浮屠寺院用梵文解釋為「在高聳的山丘上的寺院」，在牆上的壁畫是隨著登上寺院的路程中，一層一層的描寫從佛祖的誕生到歸西而達到涅槃的過程，表現出佛教的宇宙觀。

巴蘭班南 印度教寺院－Candi Prambanan

9 世紀中左右，依附於馬塔蘭印度王國所建造的巴蘭班南寺院，相當廣大且由 200 多個寺院所建造而成的。其中，最具代表性的寺院為位於中央、高度 47 呎的 Candi Siwa Mahadewa。裝飾在 Siwa 寺院的牆壁上的浮雕，刻印著古代印度的敘事詩羅摩衍那的故事。

3. 峇里島 Bali

庫塔&勒吉安 Kuta & Legian

位於峇里島南邊的庫塔，是峇里島最大的海灘，經常充滿了觀光客。鄰近機場的庫塔海岸周圍，有最奢華的飯店、home stay 等多樣化的住宿設施集中在此地，還有各式各樣的餐廳、夜店、酒吧、商店等。位在庫塔北部的勒吉安，比起庫塔，環境更為幽靜，在勒吉安狹小的道路周邊，有小規模的飯店、販賣紀念品的露天商場及小型食物攤販比鄰。

Halo. Saya sendiri!
喂，我是！

11-1

Susi
Halo.

Budi
Halo. Bisa bicara dengan Bu Lina?

Susi
Permisi, ini siapa?

Budi
Ini Budi Rahmat.

Susi
Tunggu sebentar.

Budi
Ok.

Susi
Pak Budi, Bu Lina sedang keluar.

Dia akan kembali kira-kira jam 8.

Budi
Kalau begitu, saya akan telepon lagi kira-kira jam 9.

Susi
Baik. Saya akan beritahukan dia kalau Pak Budi menelepon.

Budi
Terima kasih.

Susi　　喂～

Budi　　喂～，Lina小姐在嗎？

Susi　　不好意思，請問您哪邊呢？

Budi　　我是Budi。

Susi　　請您稍等一下！

Budi　　是！

Susi　　Budi先生，Lina小姐現在外出中，大概8點左右會回來。

Budi　　那麼，我9點的時候會再打電話過來。

Susi　　我知道了，我會向Lina小姐轉告您打電話來過了。

Budi　　謝謝！

11-2

單字 Perbendaraan kata

☐ sendiri	自己、本人（的）	☐ kira-kira	大概
☐ halo	喂～	☐ kalau begitu	那樣的話
☐ (ber)bicara	說	☐ telepon	電話、打電話
☐ dengan	和～	☐ beritahukan	轉告
☐ tunggu	等待	☐ kalau ada	如果有
☐ sebentar	暫時／一會兒	☐ Terima kasih	謝謝！
☐ sedang	正在（做）～		
☐ keluar	外出		
☐ kembali	回來		

基礎文法解說

| Halo | 喂～ |

打電話或接電話時，會說 Halo，代表「喂～」的意思，將英文的 hello 用印尼語的方式表現。

打電話時　　　Halo. Ini Julie.　　　喂～，我是 Julie！

接到電話時　　Halo. Saya sendiri.　喂～，我是！

| Permisi | 不好意思 |

Permisi 跟英文的 Excuse me 同義，為「不好意思」的意思。向對方恭順的發問時，先說 Permisi 再發問。

例 Permisi, boleh tanya?
不好意思，可以請教一下嗎？

Permisi, boleh saya pakai internet sebentar?
不好意思，我可以上一下網嗎？

另外，在對話途中，必須先離開時，要說「Permisi, saya pergi dulu.」直接翻譯為「我先失禮了。」，就代表「我要先行離開了。」的意思。

口語中，在說 Saya duluan ya.（我要先行離開了）這句話時，這邊的 ya 要輕輕地將語調上揚。

| Bisa bicara dengan Bu Lina? | 可以幫我接Lina嗎？ |

dengan 為「和～一起」的意思，跟英文的 with 同義。「Bisa bicara dengan Bu Lina?」這句話解釋為「我可以跟 Lina 通電話嗎？」。

Ini siapa?　　　　　　　　　（請問）您是誰？／您是哪位？

電話中，詢問對方是誰時，用「Ini siapa?」詢問。疑問中的「Ini」，意思為「這」。在這句話中可譯為「您」。回答時的例如下：

例 Ini Budi Rahmat.　　　（我）是 Budi Rahmat。

Ini Yulius.　　　　　　（我）是 Yulius。

sedang　　　　　　　　　　　　　　　　正在～中

sedang 跟英文的 -ing 相同，為「正在～中」的意思，為現在進行式。

進行式

主詞 S ＋ sedang ＋ 動詞 V

例 Bu Tuti sedang mengobrol dengan tetangga.
Tuti 小姐正在跟鄰居閒聊中。

＊mengobrol 閒聊
tetangga 鄰居

Pak Hadi sedang berdiskusi dengan presiden direktur.
Hadi 先生正在跟社長討論中。

＊berdiskusi 討論

比較 口語，說明「正在～中」，用 lagi 表達。原來 lagi 是「再次」的意思，但在口語中，作為「正在～中」使用。

例 Dia lagi mandi.　　　　她正在洗澡。

Dia lagi bikin kue.　　　她正在做餅乾。

＊mandi 洗澡、沐浴
bikin 製作　kue 餅乾

1 打電話時所使用的表達

Apakah ada Pak Yanto?	Yanto 先生在嗎？
Pak Yanto ada?	Yanto 先生在嗎？
Bisa bicara dengan Pak Yanto?	可以跟 Yanto 先生通話嗎？
Tolong sambungkan dengan Pak Yanto.	麻煩轉接給 Yanto 先生。
Saya mau berbicara dengan Pak Yanto.	我要和 Yanto 先生通話。

2 換人接聽或沒有人接時

Ini dari mana?	（請問是）哪邊找呢？
Bu Santi sedang menelepon.	Santi 小姐正在通話中。

Ini siapa?

（請問）是哪位？

Bu Santi lagi online.

Santi 小姐正在通話中。

 11-3

這是最近印尼用來表示「通話中」的方式。

Bu Santi sedang keluar.   Santi 小姐外出中。

Bu Santi tidak ada di sini.   Santi 小姐不在這裡。

Salah sambung.   （您）打錯電話了。

對話文

A: Boleh saya tinggalkan pesan?   A：可以幫我留個便條嗎？

B: Ya, boleh. Pesannya apa?   是，可以！請問要留些什麼呢？

A: Minta Bu Santi telepon kembali ke saya ya.

     請幫我轉告 Santi 小姐，麻煩她打電話給我。

     句尾的 ya 是比較溫和的口氣，也能表達親近感。

B: Nanti saya sampaikan.   待會兒我會轉達給他。

tinggalkan 留下
sampaikan 轉達

3 其他　　　　　　　　　　　　　　　　　　　　　　　11-3

Tidak kedengaran. Bisa bicara lebih keras?

我聽不太清楚，麻煩請大聲一點。

Saya akan telepon lagi.　　　　　　我會再打來。

Bu Tuti! Ini ada telepon.　　　　　Tuti 小姐，您的電話！

Maaf. Salah sambung.　　　　　　很抱歉，您打錯電話了！

對話文 用電話詢問郵件帳號

A: Boleh tahu alamat emailnya apa, Pak?

向男性詢問時　可以跟我說一下你的信箱帳號嗎？

B: Taiwan @ gmail.com　　　　　　是Taiwan@gmail．com。

A: Kurang jelas. Tolong diulang?　　我不是聽得很清楚，您說什麼呢？

B: Tango Alpa Iadia Whiskey Alpa November akeong gmeil
titik kom

是Taiwan@gmail．com。

＊akeong　＠（小老鼠）
　titik　．（小數點）

就跟我們台灣，將@稱為小老鼠一樣；印尼人稱之為 akeong

因為印尼也是使用拉丁字母的國家，所以當印尼人要拼寫如電子郵件的
帳號，這種不能有拼寫上的錯誤時，一般都會用「北約音標字母（NATO
PHONETIC ALPHABET）或國際無線電通話拼寫字母（International
Radiotelephony Spelling alphabet）來拼寫，作為截頭表音。（如：
Alpa 代表 A；Bravo 代表 B 等等）。

電話和網路

在印尼，雖然有公共電話，但是並不普及。除了機場、百貨公司、購物中心等場所以外，在路上很難找到。

印尼人們主要會到「電話房」的 wartel 打電話。

＊warung＋telepon的合成語：wartel

在每條街道巷弄中，都可以輕易地找到 wartel。
wartel 是採用後付費制，使用時間的費用加上
10% 的稅金，結帳後會有收據。

印尼的網路，由於光纖不是那麼大眾化，所以相當的慢。印尼人們主要是在像 warnet 一樣的電腦房或是網咖上網。在都市，使用費為 1 小時 6000 印尼盾到 15,000 印尼盾都有。

＊warung＋Internet 的合成語：warnet

Ini harganya berapa?

這個多少錢？

 Ada yang bisa saya bantu?

Pelayan Toko

 Permisi Mbak, tolong perlihatkan saya baju itu.

Susi

 Ya, ini. Silakan mencobanya.

Pelayan Toko

 Oh, Ini terlalu kecil. Ada yang lebih besar sedikit?

Susi

 Ya, ada. Ada juga warna yang lain.

Pelayan Toko

 Harganya berapa?

Susi

 80.000 rupiah.

Pelayan Toko

 Wah, terlalu mahal. Bisa kurangi sedikit?

Susi

 Ya, kalau begitu, saya kasih 70.000 rupiah.

Pelayan Toko

 Kalau begitu, tolong beri saya sepotong baju yang berwarna biru ukuran L.

Susi

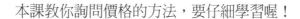
本課教你詢問價格的方法，要仔細學習喔！

→	店員	有什麼需要為您服務的地方嗎？
	Susi	不好意思，小姐（稱呼女店員時），可以給我看一下那件衣服嗎？
	店員	是，在這裡。請試穿看看！
	Susi	啊，太小了。有沒有稍微大一點的？
	店員	有呀，也有其他顏色喔！
	Susi	多少錢呢？
	店員	80,000印尼盾。
	Susi	哇，太貴了。可以算便宜一點嗎？
	店員	可以呀，那算您70,000好了。
	Susi	那麼，請給我一件藍色的L號。

12-2

單字 Perbendaraan kata

☐ pelayan (toko)	店員（商店）	☐ warna	顏色
☐ bantu	幫助	☐ lain	其他
☐ tolong	請～		warna yang lain 其他顏色
英文的please		☐ harga	價格
☐ perlihatkan	讓～看～	☐ rupiah	印尼盾
☐ baju	衣服		印尼的貨幣單位
baju itu 那件衣服		☐ wah	哇！感嘆詞
☐ silakan	請	☐ mahal	昂貴
☐ mencoba	試（穿）	☐ kurangi	減（價）、殺價
☐ oh	喔（感嘆詞）	☐ kasih	給予
表達遺憾時的聲音		☐ beri	給予
☐ terlalu	太過～	☐ sepotong	一件、一套
☐ kecil	小	☐ berwarna	有顏色的
☐ lebih	更加；比較	☐ biru	天藍色
☐ besar	大	☐ ukuran	尺寸
☐ sedikit	一點、少		

161

Tolong~	（拜託時）請～

Tolong 是向對方拜託時，「請～」的表現，跟英文的 please 相同。

1. 肯定句　　Tolong ✚ 動詞 V ✚ (主詞 S) ✚ 目的語

請～（人）

Tolong + panggilkan + dokter.　　請叫一下醫生。

請～　　喊叫　　醫生

例 Tolong tuliskan alamat email di sini.
請在這裡寫下 E-mail 的住址。

＊ tuliskan 寫下

Tolong perlihatkan (saya) celana pendek itu.
請拿那件短褲給我看。

＊ perlihatkan 給～看

將動詞 lihat 加在〔per-kan〕中就成為〔perlihatkan〕，意思為〔看起來、被看到〕。

Tolong berhenti di sini.　　請在這裡停一下。

＊ berhenti 使～停下

Tolong antarkan ke mall.　　請帶我到購物中心。

＊ antarkan 帶～到～

2 . 否定句　Jangan ＋ 請不要～

Jangan　+　berisik.
（在圖書館、醫院）請不要那麼吵！（＝請安靜！）

例 Jangan dorong.　　請不要推擠！

這是在公車內，有嚮導人員在乘客們下車時，會播放的話語。
在車子裡，乘客推擠嚮導人員時，嚮導人員會對其說 Jangan dorong.。

Jangan menyalakan mesin pada waktu mengisi BBM.
加油時，請勿啟動引擎。

＊ menyalakan 點燃
mengisi 灌、填
mesin 引擎

BBM 是 Bahan Bakar minyak 的簡稱，為「燃料油」的意思。

Jangan gitu dong.　　請不要這樣！

gitu 是 begitu 的簡稱，為「這樣」的意思。
dong 是用帶點撒嬌的口氣拜託他人或是詢問問題時所使用的表達。

 Silakan~　　　　　　　　　　　　　　（勸導時）請～

　　Silakan 是在勸導對方時，所使用的。也含有邀請的意思，一般作為「客氣的命令詞」。

silakan ＋ 請一定要～

例 Silakan mencobanya.　請嘗試。

> 在單元 12 的對話中，我們可以把這句話〔Silakan mencobanya〕翻譯為「請試穿看看」。

Silakan makan.　　　　請吃！（延伸為「請享用」的意思。）

> ＊ makan　吃

Silakan masuk.　　　　請！請進！

> ＊ masuk　進

Silakan duduk.　　　　請坐！

> ＊ duduk　坐下

3.

lebih~	更加～的

lebih 為「更加～的」的意思，是用於比較級的表達。這時，出現要比較的對象時，在後面放上意思為「比起～」的單字 daripada。

lebih ＋ 形容詞 ＋ daripada ＋ 比較對象

例 lebih besar daripada itu　　　比起那個更大

> ＊ besar　巨大的

lebih mahal daripada ini　　　比起這個更貴

> ＊ mahal　昂貴的

lebih longgar daripada celana panjang ini
比起這件長褲更寬大

> ＊ longgar　寬大的
> celana　褲子
> panjang　長

berat
沉重的

ringan
輕巧的

mahal
昂貴的

murah
便宜的

lambat
緩慢的

cepat
快速的

longgar
寬大的

kekecilan
緊的

-nya　　　　　　　　　　　第3人稱或沒意義的口語表達

-nya 有兩個型態：

❶ 表示第 3 人稱的 -nya

　harganya 是原形 harga 加上表示第 3 人稱的 -nya，代表不是「我的」、「你的」，而是「它的價格」的意思。

　　⑩ Umurnya berapa?　　他幾歲了？

Umur + nya : 他的年紀

　　Katanya, dia sombong.　　就像她說的，他很驕傲。

kata + nya : 她說的那樣

＊kata　説
sombong　驕傲的

❷ 其他表現

　-nya 在口語中，扮演著讓句子自然的連接在一起的角色。

例 Tutupnya jam berapa?　　　幾點關門呢？

Bajunya bawa berapa lembar?
帶幾套衣服呢？

※ baju　衣服
bawa　帶來

5. 數量詞

來認識表示名詞的各種數量詞！

數字 ✚ 數量詞 ✚ 名詞

$$5 + Potong + baju$$
5　　～件　　衣服　　　　五套衣服

potong　衣服、塊

例 2 potong baju　　　兩套衣服

3 potong daging　　三塊肉

※ baju　上衣

1 potong biskuit　　一塊餅乾

※ daging　肉

※ potong biskuit　餅乾

　　在數量詞中，也可以將代表 1 的 satu 簡化為 se，放置於數量詞前，就為「一個～」的意思。

sepotong + baju   一件衣服
1件   衣服

Sepotong biskuit   一塊餅乾

---

unit   ～台（汽車）

例 3 unit mobil   三台車

＊ mobil 車

---

gelas   ～杯（玻璃杯）

例 6 gelas coca cola   六杯可樂

---

botol   ～瓶（瓶子（玻璃／塑膠））

例 2 botol bir   二瓶啤酒

＊ bir 啤酒

---

cangkir   （杯子）

例 1 cangkir kopi   一杯咖啡

= secangkir kopi   一杯咖啡

＊ kopi 咖啡

porsi	～份

例 1 porsi nasi goreng　　　一份炒飯

　　seporsi nasi goreng　　　一份炒飯

＊ nasi goreng　印尼炒飯

bungkus	～包（香菸），～瓶（飲料）

例 1 bungkus rokok　　　　一包香菸

＊ rokok　香菸

　　sebungkus rokok　　　　一包香菸

　　2 bungkus teh botol　　兩瓶（包）茶

teh botol 是印尼人們所喝的香甜的茶飲料，跟可口可樂一樣是裝瓶販售。
走在街上，可以在小攤販或是露天攤販買到涼爽的 teh botol 飲料喝。
這時，商店老闆會將裝在瓶內的 teh botol 裝進袋子裡，
在算袋子地數量時，跟上面相同。

sedikit	些許、稍微

　　「sedikit」是用來表現「程度」的副詞，可以放在動詞、形容詞前面，用來表達「些許、稍微、有一點～」。

sedikit ＋ 形容詞 / 動詞　　稍微再～

例 sedikit besar　稍微有點大。（有點大）

　　sedikit jauh　　稍微有點遠。（有點遠）

　　sedikit lapar　稍微有點餓了。（有點餓）

顏色　　　　　　　　　　　　　　　　　12-3

> Ini warna apa?
> 這是什麼顏色？

> Ini warna putih.
> 這個是白色。

顏色 ▶ Ini warna _____. 這個是 _____ 色。

	putih 白色		hitam 黑色		merah 紅色		kuning 黃色
	biru 藍色		hijau 綠色		ungu 紫色		pink 粉紅色
	coklat 咖啡色		emas 金色		perak / silver 銀色		abu-abu 灰色

找尋物品 12-3

> Apakah ada topi?
> 有帽子嗎？

* topi 帽子

Apakah ada | warna yang lain | ？ 有 其他顏色 嗎？

ukuran yang lain | 其他尺寸 嗎？

yang lebih murah | 更便宜的 嗎？

* murah 便宜

yang lain | 其他東西 嗎？

 其他表達方式

Cuma lihat-lihat saja. （我）只是看看。

* cuma 只是～
lihat-lihat 看看

Bisa kurangi sedikit? 可以算便宜點嗎？

Saya mau yang ini. 我要這個。

* mau 要

Saya tidak mau beli ini. 我不要買這個。

* beli 買

Bisa saya membayar dengan dolar? 我可以用美金付嗎？

* membayar 結帳、付
dolar 美金

這個、那個我都要買

喂！

印尼雅加達從傳統市場、各地方的特產、工藝品及銀製品的商店到國際名牌及販賣精品的高級購物商場等各式各樣的購物中心，比比皆是。

傳統市場的物品價格是講價而定的，大部分來說，市場和商店的老闆對外國人會將價格開的相當高，一開始就先直接砍掉一半的價格，再慢慢往上講價比較好。

相反的，在中、高級的百貨公司或是購物中心，是實行標價制，所以是不能殺價的。在印尼所販售的世界性名牌製品，大致上跟台灣的價格較接近。

購物中心和百貨公司

印尼的購物中心和百貨公司，可以聯想到台灣的某些購物中心，如有公寓般大小的 Taman Anggrek，是位於雅加達西部的購物中心百貨公司裡設有很多不同類型的商店，主要附設國際名牌店、運動品牌店，今外還設有滑雪場、電影院、電動遊戲場等設施，非常受到雅加達年輕族群的歡迎。

以巨大的規模跟奢華至極的裝潢為賣點的 Plaza Senayan 百貨公司，及位於雅加達高級區－Pondok Indah 的 Pondok Indah 購物中心，主要是販售世界聞名的高級精品。

最近新蓋好的 Senayan City，簡稱為 Sen Ci。Sen Ci 購物中心，輸入全世界的高級名品，及跟 Banana Republic 差不多等級的中價位名牌等許多牌子，最近在年輕人中，越來越受到歡迎。

專門店和商店

日惹城的 Malioboro 大道（Jalan Malioboro），有許多販售以印尼傳統染色布料所製成的服飾 Batik，包包到皮革製品、皮影戲中所使用的人偶等紀念品和特產的專門店、商店及露天商場等。日惹城的 Beringharjo 大道（Jalan Beringharjo）的市場，是由廉價的 Batik 製品而聞名，而在以銀製品聞名的 Kota Gede，我們能夠買到各式各樣的銀器製品。

Tolong berikan menu makanan.
請給我菜單！

13-1 🎧

在餐廳點餐時

Pelayan
Mau pesan apa, Bu?

Susi
Tolong berikan menu makanan.

炒飯
nasi goreng

Pelayan
Ini menunya, silakan.

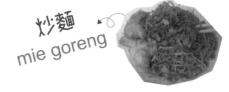
炒麵
mie goreng

Susi
Pak Ming Wei, Bapak mau makan apa?

Ming Wei
Terserah saja!

Susi
Kalau begitu, minta 1 porsi nasi goreng, 1 porsi sate ayam, dan tambah 1 porsi mie goreng.

Pelayan
Mau minum apa, Bu?

Susi
Minta 1 botol coca cola. Kalau Pak Min-su?

Ming Wei
Saya juga minta 1 botol coca cola.

172

在餐廳點餐

服務生	小姐要點什麼？
Susi	請給（我）菜單！
服務生	這是您要的菜單，請。
Susi	明威，你要吃什麼？
明威	請隨便點！（只要好吃，都可以）
Susi	那麼，請給我印尼炒飯1份，烤雞肉串1份。和再加一份炒麵。
服務生	小姐要喝什麼？
Susi	請給我一瓶可樂，明威，你呢？
明威	一樣，請給我可樂！

結帳時

 Minta bon.

Susi

 Ini bonnya. Semuanya total 100.000 rupiah.

Pelayan

 Boleh pakai kartu?

Susi

 Ya, boleh.

Pelayan

 Ini. Minta nota.

Susi

結帳時

➜ Susi 　請給我結帳！（請幫我結帳）

服務生 這是您的結帳單，總共是 100,000 印尼盾。

Susi 　可以刷卡嗎？

服務生 是的，可以。

Susi 　卡片在這，請給我收據！

13-2

單字 Perbendaraan kata

□ tolong	幫忙（請、麻煩）	□ mie goreng	炒麵
□ berikan	給予	□ minum	喝
□ menu makanan	菜單	□ botol	瓶
□ pesan	點菜	□ coca cola	可口可樂
□ menunya	菜單	□ bon	結帳單
□ makan	吃	□ semuanya	全部
□ terserah	請隨意！	semua＋-nya	
□ minta	拜託、要求	□ total	合計，總額
□ porsi	一碗、一份	□ boleh	可以～
□ nasi goreng	炒飯	□ pakai	使用
□ sate ayam	烤雞肉串	□ kartu	卡、信用卡
□ tambah	追加、加點	□ nota	收據

174

基礎文法解說

Mau pesan apa?	請問要點些什麼呢？

pesan 為「點餐、點菜」的意思，在餐廳工作的服務生，接到客人要點菜時所使用的句子。客人若為男性，則在句尾加上對男性的尊稱 -Pak；客人為女性時，則在句尾加上對女性的尊稱 -Bu，詢問客人。

▶ 跟男性對話時
請問要點些什麼呢，（先生）？　Mau pesan apa, Pak?

▶ 跟女性對話時
請問要點些什麼呢，（小姐）？　Mau pesan apa, Bu?

Terserah saja!	請隨意！（隨便都可以）

跟對方在決定想吃的食物、約定的場所等需要決定事情的時候，在回答的時候，讓對方照著自己方便的方式來決定的一種回答方法。

例 Bapak mau makan apa?　　先生要吃什麼呢？

⋯ Terserah saja.　　都可以。

Kita bertemu di mana?　　我們在哪裡見面呢？

⋯ Terserah.　　都可以！

對親近的朋友，可以將 saja 省略，意思為「隨便都可以」。

| minta | 請求、要求、拜託 |

minta 為「請求」、「要求」、「拜託」的意思，是簡單的要求什麼東西或是拜託他人時，所使用的表現方式。

Minta ✚ 名詞 請給我～

例 Minta sendok. 請給（我）湯匙。

Minta air putih. 請給（我）水。

Minta 1 coca cola lagi. 請再給（我）一瓶可樂。

Minta uang. 請給（我）錢。

| Tolong |

對比話者年紀更長的人或是職位更高的人，要求「請給我～」時，將意思為 please 的 tolong 放在前面，這時意思就變成「請您（給我）～」。

Tolong ✚ 名詞 請您～

例 Tolong dikabari. 請您通知！

= Tolong diberikan jawaban.   * kabar 消息
請給答案。   jawaban 答案

Tolong pinjami pulpen. 請您借我原子筆。

                                        * pinjam 借
pulpen 原子筆

porsi 碗、盤

數字 ✛ porsi ✛ 料理名 ～碗、～盤

例 2 porsi bakso　　　　兩碗肉丸湯

3 porsi mie goreng　　三份炒麵

🎧 bakso

mau minum apa? （您）要喝些什麼嗎？

　　將「mau minum apa?」這句句子，直接翻譯的話，為「（您）要喝些什麼嗎？」，就引申為「您要喝什麼飲料呢？」。

飲料

	teh	茶	jus jeruk / es jeruk	柳橙汁
	teh tarik	紅茶		
	coca cola	可樂	sari buah / jus	果汁
	bir	啤酒	kopi	咖啡
	minuman keras	酒	kopi susu	咖啡牛奶
			es kopi susu	冰咖啡牛奶
	susu	牛奶	kopi hitam	黑咖啡

水的印尼語為「air putih」，在印尼，水會煮過了才喝。印尼當地，最具代表性的水的品牌為 Aqua。
在超市或是餐廳，跟服務生要一瓶水時的說法為「Minta satu botol Aqua.」。

味道

	enak	好吃的		pedas	嗆辣的	
	manis	甜的		pahit	苦的	
	asam	酸的		kental	濃郁的	
	asin	鹹的		hambar	味道淡的	

例 Enak sekali. 　　　　真好吃！

Tidak manis. 　　　　不是很甜！

Tidak enak. 　　　　不好吃！

食物的名稱

13-3

1 Ini makanan apa?　　　這道菜是什麼？

＊makanan 食物

→ Ini

mie goreng	.	這是	炒麵。
nasi goreng			炒飯。
pempek			炸魚糕。
gado-gado			印尼式沙拉。
bakso			肉丸湯。

放入甜味的醬油醬料的炸魚糕

印尼式沙拉，上面淋上
甜味的花生醬。

「bakso」是肉丸，印尼肉丸有很多種類。
如：魚做的魚丸，還有其他肉類做出來的肉丸，如：牛肉丸、豬肉丸、雞肉丸等。

水果 ▶ Ini ＿＿＿＿＿. 這是 ＿＿＿＿＿。

| durian 榴槤 | manggis 山竹 | rambutan 紅毛丹 | mangga 芒果 | pisang 香蕉 |
| nanas 鳳梨 | jeruk 橘子 | semangka 西瓜 | apel 蘋果 | kelapa 椰子 |

2 Untuk cuci mulut, mau pesan apa, Pak / Bu?

您要吃什麼甜點呢？

⇢ Minta

1 es krim	請給我	一份冰淇淋。
1 porsi buah-buahan		一份水果。
1 potong kue		一塊蛋糕。
secangkir teh		一杯茶。

* buah-buahan 水果
* pencuci mulut 甜點 = dessert
* kue 蛋糕

說明一塊蛋糕的時候，使用意思為「～塊」的數量詞 potong。

用餐時所使用的問候語

用餐前

Silakan.
請吃！

Mari makan.
我要開動了！

用餐後

Terima kasih.
Makanannya enak sekali.
謝謝您！真的很好吃！

Terima kasih.
謝謝您！

Sama-sama.
不用客氣

古代曾為香料貿易中心的印尼，與中東、印度、中國的華人們之間的貿易及受到荷蘭殖民的影響，發展出了從咖哩到西餐等各種種類的食物。主要都是用油炒過或炸過的食物，辛辣中又帶有甜味。

炒飯
nasi goreng

炒麵
mie goreng

巴東料理 masakan padang

為巴東地方的料理，以放入椰子醬、新鮮的辣椒、檸檬草和香辛料的辣味的巴東料理，整體來說，偏辣。巴東料理店的吃法很特別，我們不是自己點餐，而是坐在桌邊，就有服務生會端上十幾種的料理過來。服務生很清楚客人吃了什麼料理以及吃了多少，再根據吃的份量計算價錢，並給客人結帳單。特別的是，巴東料理雖然是以直接用手拿著吃聞名，但為了觀光客們，還準備了湯匙跟叉子。

沙嗲 sate

沙嗲 sate
烤雞肉串

沙嗲就是燒烤串，將肉切成一口的大小插在竹籤上，再放在烤肉網上烘烤的燒烤串，有雞肉串、羊肉串、牛肉串、豆腐串，及烤魚串等。再崇信伊斯蘭教的印尼，要找到豬肉串可能會有點困難，但只要在華人經營的飲食店中，都有販賣豬肉串。

將花生磨碎所製成的甜味醬汁和印尼的辣椒醬混合而成的醬汁，雖然辛辣卻帶有甜味。從高級餐廳到路邊的露天攤販中，沙爹都是非常有人氣的菜單，不論是平日或是節慶日都經常吃的一道食物，就連旅客也會在印尼各地旅遊，也可以輕易地找到不同口味的燒烤串。

蝦餅 kerupuk

為蝦子口味的餅乾，只要到爪哇東部或西部，跟炒飯、炒麵一樣為印尼的菜餚，一起在正餐中出菜。

油炸食物 gorengan

為油炸食物，有炸豆腐、炸地瓜等種類。跟印尼辣椒一起吃相當美味。

辣醬
sambal

印尼泡麵 indo mie

為印尼的泡麵，有牛肉口味、雞肉口味及咖哩口味等。在照片旁邊放置的瓶子為印尼的辣醬 sambal。對印尼人來說 sambal 是用餐的重要配菜。對一些人來說吃飯、麵或鹹的食物時都一定要加辣醬，這樣才會更美味。

雞絲麵 mie ayam

用雞肉湯為底加入雞肉、青菜所製成的麵料理。湯頭清爽又香醇，跟台灣人的口味也很合，若式再加入印尼的辣醬 sambal，也可以享受到辣味衝天的感覺。

肉丸 bakso

將魚或是肉切碎所製成的丸子，跟魚丸湯很像。

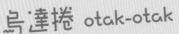

烏達捲 otak-otak

將魚肉和切好的植物葉片做成魚漿的料理，將拌好的魚漿用香蕉葉包起來，蒸來吃或烤來吃的一道菜。

大雜燴沙拉 gado-gado

淋上花生醬的印尼蔬菜沙拉。

摩摩喳喳 es buah

放入牛奶、水果、香甜的糖漿和果凍的水果刨冰。

吃飯的方法

印尼人們吃飯時，用右手吃飯。印尼的米不像我們國家的米具有黏性，吃飯時，用手指捏著飯，在手指內將飯捏成一小團，再將飯推入口中。

路邊攤小吃店

warung 跟台灣的小型雜貨店很像，從印尼泡麵到烤雞、炸香蕉等菜單都有，非常的多樣化。kaki lima 是在路邊販賣食物的商人，跟我們國家的小型移動式的早餐攤相同。印尼人們非常喜歡在 kaki lima 買小吃來吃。

Warung

Kaki lima

Minta 1 cheese burger dan 1 cola.

請給我一份起士漢堡跟一杯可樂！

14-1

Pelayan Selamat datang. Mau pesan apa, Pak?

Hadi Ya, minta 1 cheese burger dan 1 cola.

Pelayan 1 cheese burger dan 1 cola. Apakah ada yang lain, Pak?

Hadi Tidak ada.

Pelayan Bapak mau 'dine in' atau 'take out'?

Hadi Saya mau 'dine in'.

Pelayan Kalau Anda pesan menu paket, harganya lebih murah.

Apakah Anda mau pesan menu paket.

Hadi Kalau begitu, saya pesan menu paket.

Pelayan Ini, silakan. Terima kasih.

→ 服務生：歡迎光臨！請問要點餐了嗎？

Hadi　是，請給我一份起士漢堡跟一杯可樂。

服務生：起士漢堡一份跟可樂一杯，還有要點些什麼嗎？

Hadi　沒有了。

服務生：請問要帶走還是內用呢？

Hadi　內用。

服務生：如果點套餐的話，會比較便宜喔！要改成套餐嗎？

Hadi　那麼，我改點套餐好了！

服務生：這是您的餐點，謝謝！

14-2

單字 Perbendaraan kata

☐ cheese burger	起士漢堡	☐ tidak ada	沒有
☐ cola	可樂	☐ dine in	內用
☐ selamat datang	歡迎光臨	= makan di sini	
☐ mau	要	☐ menu paket	套餐
☐ pesan	點餐	也可用 set menu	
☐ apakah	什麼　疑問詞	☐ harga	價格
在apa後加上kah，改變格式，用於詢問時		☐ lebih	更加～
☐ yang lain	其他的東西	☐ murah	便宜的
		☐ kalau begitu	那麼的話
		☐ silakan	請～

1.

| Selamat datang. | 歡迎光臨！ |

selamat 經常跟表達問候、歡迎、祝賀和祈願等單字一起使用，用來表示很開心見到對方或是給予對方祝賀的意思。

例 Selamat tidur. 晚安！

Selamat tahun baru. 新年快樂！

 2.

| Apakah ada yang lain? | 還需要其他的嗎？ |

直接翻譯「Apakah ada yang lain?」的話，意思為「還有其他的嗎？」，是餐廳或速食店的店員在詢問客人「還需要點些其他的嗎？」時，經常使用的問句。

 3.

| mau dine in atau take out? | 請問要內用還是外帶？ |

最近印尼的速食店店員在詢問客人「要在這裡用餐？」還是「請問要外帶嗎？」時，會用印尼式英文詢問客人「mau dine in atau take out?」。

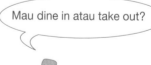
Mau dine in atau take out?

我要內用！

回答「要內用還是要外帶」的問題時，若是內用，就回「Saya mau dine in.」；若是外帶，則回「Saya mau take out.」。

用原來印尼語詢問「要內用還是外帶？」這句話（非印尼式英文時），
是「Mau makan di sini atau mau dibungkus?」。回答「內用」時，也可以回「Saya mau makan di sini.」；外帶則回「Saya mau dibungkus.」。

速食食物名稱

	burger	漢堡		ayam goreng	炸雞塊
	burger ayam	香雞堡		pizza	披薩
	kentang goreng	薯條		roti	麵包
	hot dog	熱狗		saos tomat	番茄醬
	salad	沙拉		keju	起士
	selai	果醬		mentega	牛油

kalau 萬一〜的話

kalau 為出現假設或是條件時，所使用的單字，跟英文的 if 相同，為「萬一〜的話」、「在〜的情況下，〜」的意思。

例 Kalau saya punya banyak uang, saya mau pergi jalan-jalan ke Eropa.
如果我有很多錢的話，我想要去歐洲旅行。

＊uang 錢
jalan-jalan 旅行
banyak 很多的
Eropa 歐洲

Kalau jodoh, pasti bertemu.
如果有緣的話，就會見到！

＊jodoh 因緣
pasti 一定、會〜

印尼的速食

在印尼的速食店有 KFC、Pizza Hut、Burger King、MCdonald、Krespy kreme、Starbucks 等。

你肚子又變大啦～

在印尼，有很多速食店。對印尼人們來說，速食店就是家庭餐廳，只要到了週末，就會擠滿了許多以家族為單位的客人。

尊敬我的話，就要多吃一點！

印尼人們很喜歡 sambal（印尼辣椒醬），薯條、炸雞塊和披薩等速食都會沾上辣醬一起吃。在印尼速食店裡，會提供食物跟 sambal 這一點，非常特別。

Bagaimana cuacanya di sana?

那裡天氣怎麼樣？

 15-1

Ming Wei

Saya mau pergi jalan-jalan ke Indonesia waktu liburan musim panas.

Lina

Oh, ya? Di Indonesia mau jalan-jalan ke mana, Pak Ming Wei?

Ming Wei

Saya belum putuskan, kamu ada masukan?

Lina

Apakah Anda pernah ke Jakarta?

Ming Wei

Tidak, saya belum pernah ke sana. Jakarta itu seperti apa ya?

Lina

Jakarta adalah ibu kota Indonesia dan kota yang paling besar di Indonesia.

Ming Wei

Bagaimana cuaca di Jakarta?

Lina

Cuacanya panas sepanjang tahun. Tetapi, dari November sampai Maret itu musim hujan. Jadi, banjir.

→	明威	暑假時，我想到印尼去旅行。
	Lina	真的嗎？明威先生想去印尼哪裡旅行呢？
	明威	我還沒決定，哪個地方比較好呢？
	Lina	你有去過雅加達嗎？
	明威	沒有，還沒有去過。雅加達是怎樣的地方呢？
	Lina	雅加達是印尼的首都，也是印尼最大的城市。
	明威	雅加達天氣怎麼樣？
	Lina	一整年都很熱。但是，11月到3月是雨季，所以有時會有水災。

15-2

單字 Perbendaraan kata

□ cuaca	天氣	
□ jalan-jalan	旅行	
□ waktu	時間、～的時候、～的期間	
□ liburan	休假、放假	
□ musim	季節、時分	
□ panas	炎熱的	
musim panas 夏天		
□ putuskan	決定	
□ kamu ada masukan? 有好點子嗎？		
詢問有沒有好點子時，經常使用的問句。		
□ pernah	曾經有過～	
□ apa ya?	怎樣呢？	
輕柔的詢問時，在句子後面加上ya，語調稍微上揚。帶點撒嬌的語氣拜託他人或說話時，就跟我們的「啦」很像，是從放在句尾的字表現出來的。		

□ ibu kota	首都
□ kota	都市
□ paling	最～、最好的～
□ besar	大的
□ sepanjang	一直
sepanjang tahun 一整年	
□ khususnya	尤其是～
□ bulan November	11月
□ sampai	到～為止
□ Maret	3月
□ musim hujan	雨季
□ jadi	所以～
□ banjir	水災、洪水

Apakah ... pernah ~ ? 　　　　　　有做過～嗎？

Apakah ＋ 主詞 S ＋ pernah ＋ 動詞 V 　有做過～嗎？

pernah 意思為「曾經有過～」，為表示經驗的單字。在詢問「有沒有～的經驗嗎？」時，Apakah 要放在句子的最前面使用。

回答時，若是肯句，則回「Ya,pernah.」；否定時，則回「Tidak,pernah.」。

肯定

Ya, 主詞 S ＋ pernah. 　　　　是，我曾經做過～。

否定

Tidak, 主詞 S ＋ tidak pernah. 　不，我沒有做過～的經驗。

Tidak, 主詞 S ＋ belum pernah. 　不，我還沒有做過～。

例 Apakah Anda pernah pergi ke Jakarta?
你有去過雅加達嗎？

→ Ya, saya pernah. 　　　　　　是，我去過。

→ Tidak, saya belum pernah. 　　不，我還沒有去過。

在口語中，詢問他人時，會省略 Apakah，只說 Pernah～？

例 Pernah lihat anak Susi? 　　　你有看過 Susi 的小孩嗎？

| seperti | 和～一樣、就像～ |

例 Tedi orangnya seperti anak-anak.
Tedi 就跟小孩一樣。

※ orang 人

Sepertinya, Dewi sangat suka durian.
Dewi 好像真的很喜歡榴槤。

※ sepertinya 好像是～

| paling | 最～、非常、最好的 |

　　paling為「最～」、「非常」、「最好的～」的意思,跟英文的the most,最高級相同。

paling + 形容詞　　　最～的

paling + bagus　　　最好的
最　　好的

paling + terkenal　　最有名的
最　　有名的

例 Jakarta adalah kota yang paling besar di Indonesia.
雅加達是印尼最大的城市。

Pulau Seribu adalah daerah wisata yang paling indah.
千島湖是最漂亮的觀光勝地。

※ daerah 地方
wisata 觀光　indah 美麗的

比較級

se ＋ 形容詞　就像～一樣。

lebih ＋ 形容詞 ＋ daripada ＋ 名詞 / 代名詞

比起～更加～。

例 Susi setinggi anak itu.
Susi 就像那個孩子一樣高。

Iwan lebih sibuk daripada Bambang.
Iwan 比 Bamabng 更忙碌。

＊ sibuk 忙碌的

bagaimana	怎麼樣

　　bagaimana 意思為「怎麼樣」，是詢問狀態或方法時的單字，跟英文的 how 相同。

例 Bagaimana cara masak Indomie?
怎麼煮印尼泡麵？

＊ cara 方法
masak 烹調

Bagaimana situasi ekonomi Indonesia sekarang?
最近印尼的經濟狀況如何？

＊ situasi 狀態、狀況
ekonomi 經濟

→ Sekarang parah sekali.
現在的狀況真的很差。

＊ parah 不好的、嚴重的

5. dari~ sampai~ 　　　　　　　　　從～到～（為止）

　　dari～sampai～ 為「從～到～（為止）」的意思，適用於表達時間的片語。

例 Dari bulan November sampai Maret.　從11月到3月為止。

Dari jam 3 sore sampai jam 4 sore, saya tunggu Susi di depan kantornya.
下午 3 點到 4 點，我一直在 Susi 的辦公室前等她。

＊ depan　前面　kantor　辦公室
kantornya 意思為「她的辦公室」；kantor 為「辦公室」
的意思，在原型 kantor 後面加上第 3 人稱 -nya。

6. cuaca 　　　　　　　　　　　　　　　天氣

　　印尼的季節分為乾季跟雨季，從3月～8月為一整天都在強烈陽光照射下度過的乾季；9月～2月則是不斷重複下著雷陣雨或是暴雨的雨季。

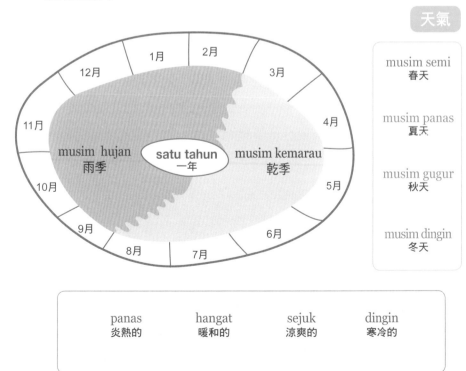

天氣

1月	2月
12月	3月
11月	4月
musim hujan 雨季	satu tahun 一年	musim kemarau 乾季
10月	5月
9月	6月
8月	7月

musim semi 春天

musim panas 夏天

musim gugur 秋天

musim dingin 冬天

panas 炎熱的	hangat 暖和的	sejuk 涼爽的	dingin 寒冷的

天氣

	hujan 下雨		salju 下雪		topan 颱風
	kilat / guntur 閃電／打雷				banjir 洪水

例 Hari ini panas sekali. 今天很熱。

Cuacanya sejuk. 天氣很涼爽！

＊ sejuk 涼爽的

Sekarang sedang hujan. 現在正在下雨。

＊ hujan 下雨

Sekarang lagi turun hujan. 為「現在正在下雨」的意思。
在口語中，lagi 為「正在～」的意思，跟 sedang 同義。

Tidak ada salju di Indonesia. 印尼不會下雪。

dong	～喔

　　將dong放在句子後面，用於帶有客氣語氣拜託他人時，或是一般對話時；跟我們中文的語氣詞一樣「dong」只用在口語。

例 Ayo, dong. 來吧！

Tolong dong. 幫幫忙嘛～

Mau dong. 我要～

Jangan gitu dong. 不要這樣啦～

另外，Rugi dong... 這句話印尼人很常把它掛在嘴上用這句話的情況：當別人想佔我們的便宜的時候或是別人對某事情的分配讓我們覺得不公平時，印尼人會說這句話。

＊ rugi 損失

跟著一起唸在印尼也會通的對話

 過去的經驗 曾經～　　　　　　　　　　　　　　　15-3

1 Apakah Anda pernah | pergi ke Jakarta | ? 您 去過雅加達 嗎？

| pakai baju batik | 穿過 batik

| pakai sarung | 穿過紗龍

| makan mie goreng | 吃過印尼炒麵

| dengar lagu Indonesia | 聽過印尼歌曲

其他動詞

pakai　穿、戴	buka　脫
pakai baju　穿衣服	buka baju　脫衣服
pakai topi　戴帽子	buka topi　脫帽子
pakai sepatu　穿鞋子	buka sepatu　脫鞋子
pakai　戴上	**lepas**　脫下
pakai cincin　戴戒指	lepas cincin　脫下戒指
pakai kacamata　戴眼鏡	lepas kacamata　脫下眼鏡

雅加達

雅加達是印尼的首都,也是印尼最大的城市。在行政區域上來說,雅加達屬於特別地 Daerah Khusus Ibukota Jakarta。

雅加達的舊名是 Sunda Kelapa(西元397－1527年),Jayakarta(西元1527－1619年),Batavia(西元1619－1942年)和 Djakarta(西元1942－1972年)。雅加達位於爪哇島的西北部,人口大約 2,800 萬人左右。

雅加達是印尼的經濟、文化及政治的中心,位列全球的第12大都市。

雅加達的所在地,在4世紀時為巽她王國的重要貿易港口,在荷蘭殖民時期時,此地改為首都,更名為 Batavia;1942年,日本統治爪哇島時,將 Batavia 定為印尼首都,改稱 Jakarta,即現今的雅加達。

在雅加達集中了印尼的證券交易所、印尼的國家銀行及莫納斯國立紀念塔 Tugu Monas 等許多的經濟活動,東南亞國家協會 ASEAN 辦事處也聚集於此。

作為印尼經濟活動的中心地,所發展出的技術、豐富的資本,及利用有效率的經營方式的商業中心地。

和其他開發中國家的大城市相同，雅加達正面臨著激烈的都市化問題。因此，各種社會、環境問題不斷地發生，其中最明顯的現象為嚴重的交通堵塞問題。印尼全境的交通滯怠問題不停的發生，其中以人口最密集的雅加達市的交通堵塞問題最為嚴重。

交通堵塞

因此，印尼的上班族們在出退勤時間，常常會因為交通堵塞而被困在路上，而經常發生無法到公司或是無法回家的情形。所以，就連公司的主管，只要有職員缺席，就自然會認為是因為嚴重的交通堵塞所導致的。

你說什麼！！
陳先生又缺席！！

這次是淹水嗎？

Trans Jakarta

Trans Jakarta 如同其字面上的意思，中文為「橫跨雅加達」的意思。是從雅加達北部橫貫至雅加達南部的路線巴士。道路設有一條車道為 Trans Jakarta 的專用車道，對在交通堵塞嚴重的雅加達來說，是唯一一樣利用大眾運輸能夠直接且快速到達目的地的交通工具；設有空調的現代化大型巴士，具有便利的優點。

公車站跟我們國家的大都市的公車站相同，在馬路中央就設有公車站。特別的是，現代化的公車站，不僅僅是公車本身就非常高大，連公車站都設置的相當高大這點非常特別。

Trans Jakarta
公車站

＊乘車費用：3,500印尼盾（2011基準）

Berapa harga kamar untuk 1 orang per malam?

單人房一晚多少錢？

 16-1

Resepsionis
Selamat datang. Ada yang bisa saya bantu?

Ming Wei
Selamat sore. Saya mau pesan 1 kamar untuk 1 orang.

Resepsionis
Kamar apa yang Bapak mau pesan?

Ming Wei
Standar, apakah ada komputer yang bisa internet di dalam kamar?

Resepsionis
Ya, tentu saja. dalam kamar juga ada TV, kulkas dan AC juga di.

Berapa lama Bapak akan menginap?

Ming Wei
Untuk 3 hari.

Resepsionis
Permisi, bisa lihat paspornya, Pak?

Ming Wei
Ini paspor saya.

Resepsionis
Nomor kamar 309. Ini kartunya.

Ming Wei
Terima kasih.

本課教你在飯店櫃檯前 check in 時的表達方式，要認真學習喔！

→	櫃台人員	歡迎光臨！請問有什麼需要為您服務的地方嗎？
	明威	您好！我想要一間單人房
	櫃台人員	您想要怎樣的房間呢？
	明威	一般標準房就可以了。嗯…，房間內有可以上網的電腦嗎？
	櫃台人員	是，當然有！裡面還有電視、冰箱及空調。請問要住幾天呢？
	明威	三天。
	櫃台人員	不好意思，能看一下您的護照嗎？
	明威	這是我的護照。
	櫃台人員	房號為309，這是您的房卡。
	明威	謝謝！

16-2 🎧

單字 Perbendaraan kata

☐ resepsionis	櫃檯人員		☐ TV	電視
☐ kamar	房間		☐ kulkas	冰箱
☐ malam	夜晚		☐ AC	空調
☐ untuk	為了～、～的用處、給～		☐ di dalamnya dalam + -nya	在裡面
☐ standar	標準房型			
☐ (te)tapi	但是，…		☐ berapa lama	多久
☐ komputer	電腦		☐ menginap	投宿、過夜
☐ internet	網路		☐ 3 hari	三天
☐ di dalam kamar	房內		☐ lihat	看
☐ tentu saja	當然！		☐ paspor	護照
			☐ nomor	號碼
			☐ kartu	卡片

16 基礎文法解說

| mau pesan | 我想要點（餐）！ |

　　不論是點餐、訂機票還是預約飯店房間時都可以使用的表達方式。

例 Saya mau pesan 1 tiket pesawat ke Taiwan.
我要訂一張去台灣的機票。

＊ pesan 點（餐）、預約
tiket 票券
pesawat 飛機

Saya mau pesan 2 kamar untuk 4 orang.
我要預約兩間四人房。

Saya mau pesan 1 mangkok bakso.
我要點一碗肉丸湯。

＊ bakso 印尼式的肉丸湯

| 1 kamar untuk 1 orang | 單人房 |

房間

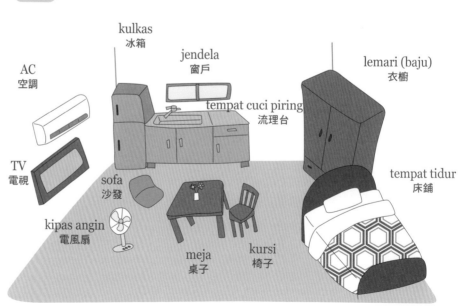

kulkas 冰箱

jendela 窗戶

lemari (baju) 衣櫥

AC 空調

tempat cuci piring 流理台

TV 電視

tempat tidur 床鋪

sofa 沙發

kipas angin 電風扇

meja 桌子

kursi 椅子

| dalam | 裡面 |

di + 位置   在～

位置			
atas	上面	bawah	下面
dalam	裡面	luar	外面
depan	前面	belakang	後面
kiri	左邊	kanan	右邊

例 Apakah ada TV di dalam kamar?　　房間裡有電視嗎？

Apakah ada AC di dalam kamar?　　房間裡有空調嗎？

Di dalam rumah ada berapa kamar?　家裡有幾間房間？

各種位置的表達方法

Kuncinya ada di atas meja.

鑰匙在桌子上。

Anjing sedang duduk di bawah meja.

小狗在桌子下坐著。

※ duduk 坐

203

Uang ada di dalam dompet.

錢包裡面有錢。

＊ dompet 錢包

Budi tidak mau masuk, dia mau tunggu di luar.

Budi 不要進來，他要在外面等。

＊ masuk 進來
tunggu 等

＊ lantai 樓層
＊ lantai 2 2樓

Kamarnya ada di lantai 4.

他的房間在四樓。

Kamarnya ada di lantai 2.

他的房間在2樓。

Dia berdiri di luar lapangan sekolah.

她站在運動場外面。

＊ lapangan sekolah 運動場
＊ berdiri 站

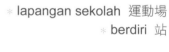

Dia bermain bola di lapangan sekolah.

他在運動場上玩球。

3.

untuk	為了～、～的用途、給～

例 Untuk 1 orang 給1個人（用的）　　Untuk 2 hari 　2天期間

Barang-barang apa yang bagus untuk kado?

要送禮物的話，什麼東西比較好呢？

> barang-barang　東西
> kado　禮物＝hadiah　禮物

「Untuk」加期間的時候是一種副詞，沒有直接或單獨的意思。
如對話的句子「Untuk 3 hari」，就是住三天的意思。
口語中「Untuk」可省略，只說「3 hari」。

4.

berapa lama	多久

berapa lama 意思為「多久期間」，使用於詢問期間長短的
用語。這時的回答為 untuk＋期間（時間）。

發問　**Berapa lama~** 多久～　　回答　**untuk ＋ 期間**

Berapa lama Bapak akan menginap?
　　多久　　　　　　　　　　　先生要在這裡待多久呢？

→ **Untuk 3 hari.**　　　三天。
英文的for　三天

 Berapa lama Ibu akan berada di Indonesia?
小姐要在印尼待多久呢？

→ Untuk 1 minggu.　　一星期。

時間長短的表達方式　　　　　　　　　16-3 🎧

1　Berapa lama Anda akan menginap?　　要待在這裡幾天呢？

　　→ Saya akan menginap untuk | 1 hari |.　　我要在這待上　一天。

　　　　　　　　　　　　　　　　 2 hari 　　　　　　　　　二天。

　　　　　　　　　　　　　　　　 3 hari 　　　　　　　　　三天。

　　　　　　　　　　　　　　　　 4 hari 　　　　　　　　　四天。

　日期　▶ Saya akan menginap untuk _____.

　　　　我會待上 _____。

一天	satu hari
二天	dua hari
三天	tiga hari
四天	empat hari
五天	lima hari
六天	enam hari
七天	tujuh hari
八天	delapan hari
九天	sembilan hari
十天	sepuluh hari

樓層數   16-3

2 Anda ada di lantai berapa?   你在幾樓呢？

→ Ada di   lantai 1   .   我在   一樓。

              lantai 2   二樓。

              lantai 3   三樓。

              lantai 4   四樓。

樓層數 lantai ✚ 數字 ～樓   ～樓為 lantai。

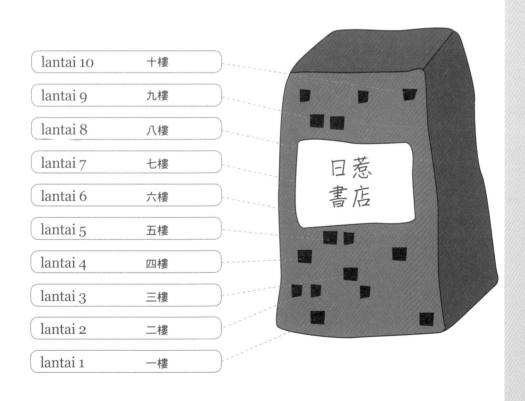

lantai 10	十樓
lantai 9	九樓
lantai 8	八樓
lantai 7	七樓
lantai 6	六樓
lantai 5	五樓
lantai 4	四樓
lantai 3	三樓
lantai 2	二樓
lantai 1	一樓

日惹
書店

Kamu kelihatan capai hari ini.
你今天看起來很累。

17-1

Kamu kelihatan capai hari ini. Ada apa?

Tuti

Ya, aku kena flu dari tadi malam.

Ming Wei

Oh, ya? Kamu sudah minum obat?

Tuti

Aku belum minum obat.

Ming Wei

Sekarang kamu rasanya bagaimana?

Tuti

Kepalaku pusing dan badanku sedikit panas.

Ming Wei

Kalau begitu, sebaiknya kamu pergi ke dokter dan minta disuntik. Setelah pulang dari dokter, istirahatlah di rumah.

Tuti

→ Tuti 你今天看起來很累耶，發生了什麼事嗎？

明威 嗯，昨天晚上開始感冒。

Tuti 真的嗎？你吃藥了嗎？

明威 還沒。

Tuti 你現在身體狀態怎樣？

明威 我的頭很痛，身體有點熱。

Tuti 那要快點去看醫生、打針才行，回家後要快點休息。

17-2

單字 Perbendaraan kata

☐ capai	疲憊、累	☐ badan	身體
☐ ada apa?	有什麼事情嗎？	☐ panas	熱
☐ tadi malam	昨晚	☐ sebaiknya	（做～）會比較好
tadi 剛剛 malam 夜晚		☐ minta	請求、拜託、要求
☐ minum obat	吃藥	☐ disuntik	打針
☐ rasanya	感到～、有～的感覺	被動式 di + suntik	
rasa + -nya		☐ istirahatlah	休息
☐ kepalaku	我的頭	命令型 istirahat + -lah	
☐ sakit	痛	☐ rumah	家
☐ pusing	頭痛、頭暈		

17 簡易說明

| hari ini | | | | | 今天 |

日	前天	昨天	今天	明天	後天
印尼語	kemarin lusa	kemarin	hari ini	besok	lusa

| minum obat | 吃藥 |

minum 原來為「喝」的意思，obat 為「藥」的意思。兩個單字合在一起，minum obat 即為「吃藥」的意思。

| rasanya | 感到～、有感覺 |

在原型 rasa 後面加上沒有任何意義的口語表達 -nya，使用於表達感覺的時候。

例 Kamu rasanya bagaimana?　　　身體的狀態如何？

→ Saya merasa kurang enak.　　　不太好。

Badan saya rasanya kurang enak.
我的身體不太好。

terkena flu　　　感冒了

panas　　　發燒、發熱

mabuk kendaraan　暈車

pusing　　　頭暈、頭痛

capai　　　疲憊、無力、累

sakit perut　　　肚子痛

sakit pinggang　腰痛

kepalaku　　　　　　　　　　我的頭

　　kepalaku 是 kepala（頭）＋aku（我）的簡化噢，為「我的頭」的意思。

　　我們一起來認識其他的簡化語吧！

① 名詞 **mu** = 名詞 + kamu的簡化語：你的～

例 USBmu = USB + kamu　　　你的 USB

pulpenmu = pulpen + kamu　你的原子筆

② 名詞 **nya** = 名詞 + 第3人稱的簡化語：他／她的～

例 ipodnya = ipod + dia　他的／她的 ipod

bukunya = buku + dia　他的／她的書

5. 被動式

　　被動式的用法為：在單字前面加上 di。suntik 為「注射」的意思，在 suntik 前面加上 di，為「disuntik」，即為「打針」的意思

di + 動詞 v

		被動		
buka	打開	→	dibuka	被打開
jawab	回答	→	dijawab	得到回答
tanya	發問	→	ditanya	被詢問

跟著一起唸在印尼也會通的對話

 各種身體表達

17-3

1

| Saya sakit kepala. | 我頭痛。 |

| Saya pusing. | 我頭暈。 |

在印尼，實際上經常使用的表達方式。

| Saya sakit kerongkongan. | 我喉嚨痛。 |

| Saya kayaknya terkena flu. | 我好像感冒了。 |

| Ada obat flu? | 有感冒藥嗎？（請給我感冒藥） |

在藥局買感冒藥時這樣問

| Saya rasa badan saya sakit semua. | 我全身都很痛。 |

> Saya kayaknya masuk angin.
>
> 我好像著涼了。

angin 風

213

跟著一起唸在印尼也會通的對話

2

Nah, sekarang mari saya periksa.

那麼，我們開始看診吧！

＊periksa 看診、調查

Jangan khawatir Anda akan segera sembuh.

不用擔心，您很快就會好的。

＊sembuh 痊癒、好、康復

Silakan berbaring.

請躺下！

Minum obat ini setelah makan.

這藥要在飯後吃。

Minum 3 kali sehari.

1天要吃3次。

Kalau Anda mau cepat sembuh, Anda harus disuntik.

如果您想要快點好起來的話，
一定要打針。

＊cepat 快點
harus 一定要～
disuntik 打針

在suntik（打針）前加上受動詞di，意思
就為「接受打針」。

＊obat 藥
setelah makan 飯後
kali ～回、～次
sehari 1天

一邊仔細聽，一邊一起跟著唸～

身體

¹rambut
頭髮

³kepala
頭

17-3 🎧

²dahi
額頭

⁵mata
眼睛

⁶hidung
鼻子

⁴telinga
耳朵

⁹muka
臉

⁷bibir
嘴唇

⁸mulut
嘴巴

¹⁰pipi
臉頰

¹¹leher
脖子

¹⁸telapak tangan
手掌

¹²tenggorokan
喉嚨

¹³bahu
肩膀

¹⁹pinggang
腰

²⁰dada
胸部

¹⁴lengan
手臂

²¹pinggul
骨盤

¹⁵siku
手肘

²²kaki
腿

¹⁶tangan
手

²³jari kaki
腳指

¹⁷jari tangan
手指

²⁴kuku
手指甲／腳指甲

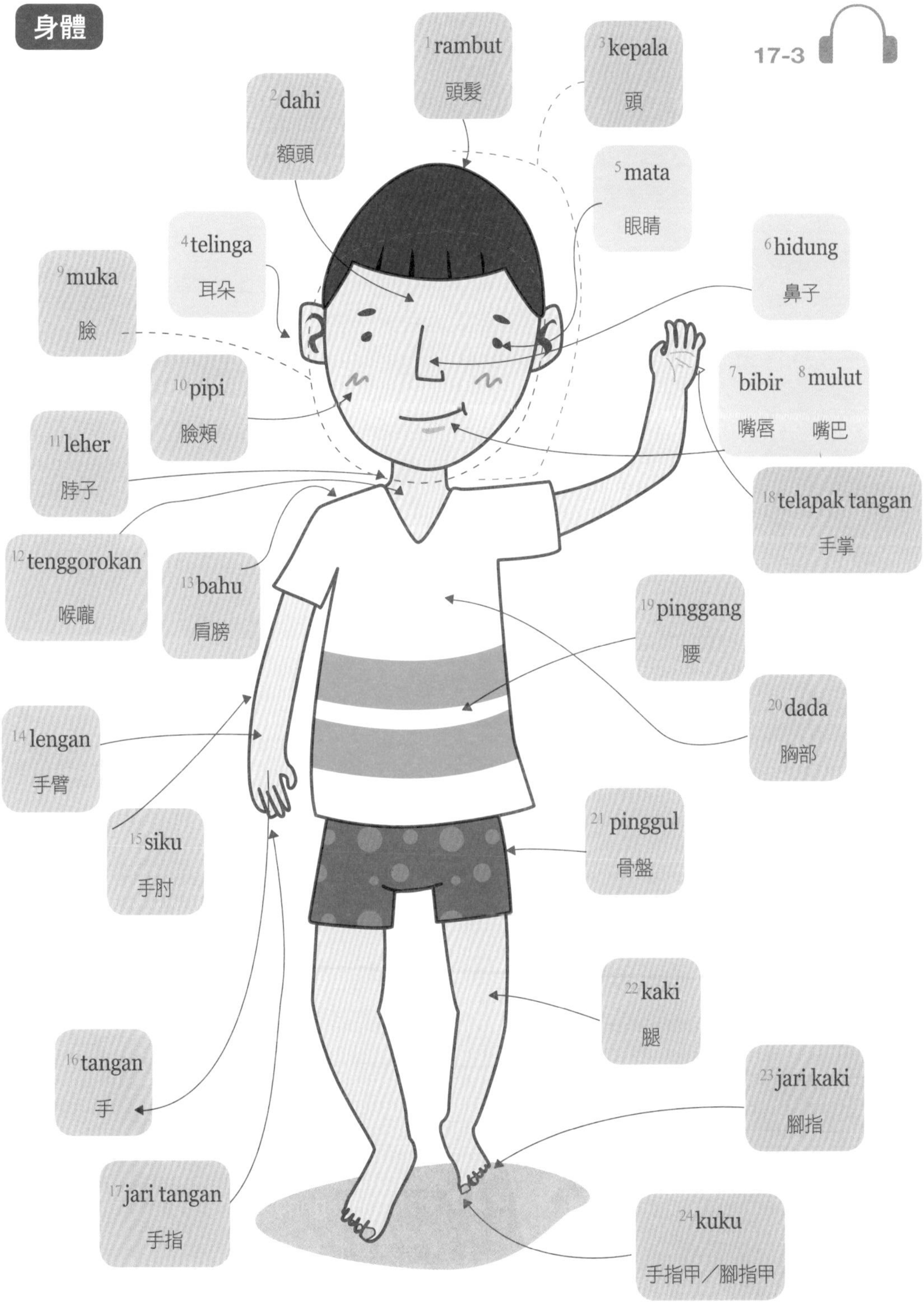

附錄 口語表達

主要以現在印尼當地經常使用的口語對話文所組成。

只收錄了簡單且在日常生活中經常使用的句子，

對初次學習的初學者們也可以輕鬆的跟上。

喔呼～我終於要
征服印尼語了～

比起文法，一起來學習當地人也在說的對話吧！

1. 口語表達

■ 簡化語和經常使用的單字

我	aku	gue, gua	那樣	begitu	gitu
你	kamu	loe, lu	這樣	begini	gini
媽媽	ibu	nyokap	怎樣	bagaimana	gimana
爸爸	ayah	bokap	知道	tahu	tau
女人	perempuan	cewek	製作	membuat	bikin
男人	laki-laki	cowok	使用	pakai	pake
已經~	sudah	udah	說話	berbicara	bilang
和~	dengan	sama, ama	多少錢	Berapa harganya	Berapa duit?
一起	bersama-sama	bareng-bareng	只是	hanya	cuman
~的用途、為了~	untuk	buat	不是~	tidak	Enggak
誰	siapa	sapa			nggak
大哥、老公（老婆叫老公時）		abang bang			gak
只是~	saja	aja	
如果、萬一~的話	kalau	kalo	

🔊 Bete nih gua.　　心情不好

Pulang bareng yuk.　　一起回家吧！

Ya, iyalah.　　當然囉！

218

asyik　太好了

A Eh, gue anter pulang pake mobil baru gue yah?　　我用我的新車載你回家。

B Wah, asyik juga tuh boleh boleh.　　哇～這樣真是太好了～

yuk/ayuk/ayo　一起做～吧！

A Eh, udah jam 6 sore. Pulang bareng yuk.　啊，已經6點了。一起回家吧！

B Duluan aja deh. Gue ntaran lagi.　　你先回去吧，我還要再一下。

Eh：呼喚他人時，所使用的發聲詞，跟英文的 hey 一樣。

banget　很

A Wah, mobil loe bagus banget.　　哇～你的車真帥。

B Ya, biasalah.　　嗯，普通啦。

bareng　一起

A Eh Si Rudi ke mana ? Tadi gue datang bareng ama dia.
Rudi 在哪裡呀？他剛剛跟我一起來的。

B Masa sih? Gak ada tuh.. Dari tadi gue di sini gak kelihatan.
是嗎？我從剛剛就在這裡，沒看到呀…

basa basi　禮儀上的話語

❶ **A** Pak Yanto sudah makan siang belum? Yuk, makan siang bareng saya.
Anto先生吃過中飯了嗎？跟我一起吃個中飯吧！

B Saya sudah makan, Bu terima kasih...　　我已經吃過了，謝謝…

A Ah, jangan basa basilah, ayo mari makan bareng saya.
啊，不要這樣（禮儀上是指「不要這樣說」），和我一起吃飯吧！

❷ **A** Ran, loe hari ini kelihatan cantik sekali.　　　　Ran，你今天看起來真漂亮！

B Jangan basa basilah Budi, loe pasti ada maunya.
（禮儀上）不要這樣說啦！你是有什麼要拜託我的事嗎？

A Pinjemin gue 5.000 rupiah dong buat ongkos.　　借我5,000盾搭車。

---

berantem	吵架

A Si Budi sama Julie gak jalan bareng. Mereka berantem yah?
Budi 跟 Julie 怎麼沒在一起，他們吵架了嗎？

B Gak tau tuh. Kayaknya sih iya.　　　　　　不知道，好像是。

---

cakep	長的帥（漂亮）

A Temannya Ming Yi, Si Yulius, cakep juga yah? Loe udah pernah ketemu?
Ming Yi 的朋友 Julie 長的很漂亮，你有見過他嗎？

B Kemarin ketemu bareng sama Ming Yi.　　昨天跟 Ming Yi 一起見過了。

---

bercanda	開玩笑的

A Eh guys! Besok gue mau merit nih　　　　ㄟ，你們，我明天要結婚了！

B Ah, yang bener loe, bercanda kali loe? Serius loe?
啊，真的假的？開玩笑的吧？你，真的要結婚了

A Yah, udah kalo gak percaya.　　　　　　哼，不相信就算了！

＊ percaya 相信

doang　只是、僅是

A Loe beli baju harganya berapa?　　　　你的衣服多少錢買的？

B Murah, cuman 5.000 rupiah doang.　　　很便宜的，只5,000盾。

A Murah dong!　　　　　　　　　　　　　喔，真的很便宜耶！

---

dong/donk　用客氣的語氣拜託時或發問時

Eh, tolong donk! Gua gak tau gimana caranya nih.
嗯～幫幫我啦～我真的不知道要怎麼辦啦～。

---

doyan　喜歡

Gue doyan makan gado-gado.　　　　　我喜歡吃印尼式沙拉。

---

gampang　簡單的

A Toni, loe bisa bikin nasi goreng?　　　Toni，你會炒飯嗎？

B Gampang. Itu cuman goreng nasi, masukin telur dan sayuran sedikit. Jadi deh.
那很簡單呀，只要放入飯跟雞蛋及一些蔬菜拌炒就可以了。

---

ganteng　長的帥的（男生）

A Kemarin gue ketemu sama Ari Wibowo di Plaza Senayan.
Dia ganteng banget, bikin gue jatuh hati.
昨天我在 Plaza Senayan 看到了 Ari Wibowo（有名的電影演員），他真地長的超帥的，
讓我墜入愛河。

---

imut　可愛的

A Eh! Loe lihat gak boneka panda besar di Mal Taman Anggrek?
你在 Taman Anggrek 購物中心看到那個熊貓的玩偶了嗎？

B Iya! Imut banget yah bonekanya.　　嗯，那個玩偶真的超可愛的！

jago　在～的領域中，非常傑出的人、冠軍

A Pemain bola favorit loe sekarang siapa?　　最近的足球選手中，你喜歡誰呀？

B Gue lagi suka sama Kaka karena dia jago banget main bola.
Kaka 的足球真的踢的很好，我喜歡他。

---

jelek　不好的、長的醜的、壞的

A Ben mobil gue gimana menurut loe?　　Ben，你覺得我的車怎樣？

B Gak jelek-jelek amat sih, paslah buat loe!　　不錯呀，跟你很搭喔！

* amat　非常
pas　正確的、正合的

---

kaget　嚇到的，嚇了一大跳的

A Jangan bikin dia kaget, dia itu orangnya jantungan.
不要嚇他，他的心臟不是很好。

B Ya, udah tenang aja, ntar gue gak bikin dia kaget deh.
知道了，放心吧！以後再也不會嚇他了。

---

kangen　思念、想念，想見面

A Rina, gue kangen ama loe nih, boleh ketemuan gak?
Rina，我好想你，可以見個面嗎？

B Gak! karena gue kangennya sama tetangga loe!　　不要！因為我想念的是你的鄰居。

---

kayak　看起來～

A Kok, dia hari ini kayak orang gila?　為什麼那個人今天看起來像瘋了一樣？

* gila　瘋狂

B Dia itu bukannya kayak orang gila, emang udah gila.
那個人不是看起來像是瘋了，而是早就瘋了。

* emang　的確

keren 帥氣的

A Rambut loe keren juga kayak bintang film Hollywood, loe nyalon di mana?
你的髮型超棒的跟好萊塢名星的風格一樣！你在哪間美容院弄的？

B Gue salonnya di Rudy Senayan City donk. 我在 Senayan City 的 Rudy 美容院做的。

---

lumayan 湊合湊合，適當的、還不錯

A Hey! Jul, gimana masakan nyokap gue? 嗨！Jul，我媽媽做的菜好吃嗎？

※ nyokap 媽媽（雅加達）

B Lumayan enak, Yul. Yul，還滿好吃的（好吃）。

※ masakan 料理

---

makanya 所以～

A Eh, kok makanan gue rasanya asin banget? 我的食物怎麼這麼鹹呀？

B Masa? Makanya kalo mau kasih garam itu dikira-kira.
真的嗎？所以鹽巴要適量地放才可以呀！

---

masa 真的嗎？該不會

A tadi Andi minta dibayarin makan siang? 剛才 Andi 要我幫他付午餐的錢。

B O yah? Masa sih, dia kan orang kaya. 是嗎？真的嗎，他是有錢人耶～

---

pantesan 難怪～

A Lusi, kok Si Ming Yi gue panggil gak nengok yah?
為什麼 Ming Yi 我叫她時，他都不回頭？

※ nengok 回頭

B Iya, dia lagi jatuh cinta tuh. 喔～他現在正陷入熱戀中呢！

※ jatuh cinta 陷入熱戀

A Pantesan, dari tadi gue panggil nggak jawab. 難怪我從剛剛一直叫她，她完全都不回答我。

rese　麻煩的、厭煩的、煩躁的

A Supaya tidak bikin masalah baru, loe sebaiknya jangan rese lagi.
為了不要再有事情發生的話，你就不要一直惹人！

＊ supaya 〜的程度、為了〜

B Iya deh, lagian gue juga kapok sama masalah ini.
知道了，這次的事情讓我學到教訓了。

＊ masalah 事情

---

sebel　不愉快的、煩躁的、討厭的

A Loe kok sebel banget kalo ketemu Si Toni?
你為什麼只要跟 Toni 見面，就這麼煩躁？

B Gue paling sebel kalo lihat cowok merokok.　　　我最討厭男生抽菸。

2. 口語語感的表達方式

kok　驚訝、錯愕

❶

Ａ Kemarin loe kenapa?　　　　　　你昨天怎麼了？

Ｂ Nggak, kok. Tidak apa-apa, kok.　　沒有呀，沒事呀～

❷

Ａ Hey, William! Kok loe datang? Loe se harusnya kerja kan.
嗨，William！你怎麼來了？你不是應該在上班嗎？

　　　　　　　　　　　　　　＊ se harusnya　原來應該要～

Ｂ Iya, tapi gua tiba-tiba disuruh pulang.　對啊，但是剛剛公司又說可以先回家了。

　　　　　　　＊ disuruh　（某人）叫（某人）去做～（被動式）

---

sih　驚訝、帶點煩躁的不滿情緒、好奇心發作時

❶

Ａ Katanya loe udah putus sama pacar loe. Kenapa?
妳說妳跟妳男朋友分手了？為什麼要分手？

　　　　　　　　　　　　　　　　　＊ putus　分開、分手

Ｂ Iya, dia orangnya pelit sih dan dia juga buaya kok.　那個男人小氣又花心。

　　　　　　　　　　　　　　　　　　＊ pelit　小氣

Ａ Ih, kok gitu sih?　　啊，怎麼這樣呀？　　＊ buaya (darat) 原來 buaya 為「鱷魚」
的意思，從鱷魚大肆捕食的形象引申為
「花花公子」。

❷

Ａ Ren, gue boleh gak minjem buku sejarah loe?　你可以借我歷史書嗎？

　　　　　　　　　　　　　　＊ minjem　借　sejarah　歷史

Ｂ Ada apa sih? Kok loe tiba-tiba minjem?　你怎麼啦，突然向我借書？

　　　　　　　　　　　　　　　　　　＊ tiba-tiba　突然

dong　客氣的語氣或是拜託他人時

❶　Ⓐ Jangan gitu dong!　　　　　　　不要這樣啦～

❷　Ⓐ Minta es krim dong!　　　　　　給我吃冰淇淋啦～

❸　Ⓐ Tedi, ayo dong datang ke sini, kita *hang out* bareng-bareng!
　　　Tedi，過來這裡跟我一起玩嘛～

　　Ⓑ Yah, gue sori banget nih. Gue baru tiba di rumah, badan gue cape semua nih.
　　　啊，真的很抱歉，我才剛到家，全身上下都很累。

---

deh　語助詞，吧！

❶　Ⓐ Bu, mau pilih yang mana?　　　小姐，你要選哪個？

　　　　　　　　　　　　　　　　　　＊ pilih 選擇、挑選

　　Ⓑ Yang hitam aja deh.　　　　　　黑色的吧！

　　　Yang bagus aja deh.　　　　　　好的吧！

　　　Yang murah aja deh.　　　　　　便宜的吧！

❷　Ⓐ Man, loe ikut nggak? Jangan lama-lama mikirnya.
　　　Man，你要不要去？不要考慮太久！

　　　　　　　　　　　　　　　　　　＊ mikir 考慮

> mikir 是 memikir（考慮）的簡化語。
> mikir + -nya

　　Ⓑ Iya, iya, gue ikut deh.　　　　　嗯，那就一起去吧！

---

wah　表達嚇到時的樣子 英文的wow

　　Ⓐ Wah, baju loe bagus banget. Beli di mana?　　Wow，你的衣服真好看，在哪裡買的呀？

　　Ⓑ Tidak beli, dikasih ama pacar gue nih.　　　不是買的啦，是我的戀人送我的。

> kasih 為「給」的意思，在原型前加上 di，就變成被動式
> dikasih，為「什麼人給的～」的意思。

nih = ini　這個、這樣的話、那就…

❶　**A**　Marta, buku gue kapan loe balikin?

Marta，你什麼時候才要還跟我借的書呀？

　　B　Nih! gue balikin sekarang.

這樣啊！我現在就拿來還你！

＊ balikin　歸還

❷　**A**　Eh, gua juga dibagi dong!

喂，也分給我一點嘛～

　　B　Nih, 1 buat kamu!

那就給你一個。

❸　**A**　Ming Yi tumben loe makannya banyak.

明伊，發生了什麼事情嗎？你怎麼會吃的怎麼多？

＊ tumben　怎麼了？含有
「少發生的情況」的意思。

　　B　Iya nih, gue hari ini laper banget.

喔，我今天肚子很餓啦！

yuk　一起做…吧！

❶　**A**　Temani gue beli baju yuk!

陪我去買衣服吧！

＊ temani　一起去、同行

　　B　Yuk! Boleh juga tuh!

嗯，走吧！

對話❷　Budi　Mona, ntar sore nonton bareng gue yuk!

Mona，下午跟我一起去看電影吧！

　　Mona　Boleh juga, jam berapa?

如何，幾點？

　　Budi　Yah terserah loe bisanya jam berapa?

嗯，看你幾點方便囉！（你幾點有空？）

　　Mona　Ok, Kalo gitu jam 5 sore yah.

那下午5點去看吧！

（之後，Mona跟朋友說了）

　　Mona　Eh, gue barusan diajak nonton sama Si Budi nih.

剛剛 Buti 約我去看電影。

　　Hadi　Wah, lampu hijau dong.

Wow，他對你有所表示了。

＊ lampu hijau　綠燈，延伸為含有
「許可」的意義。（參一腳）

227

tuh = itu　　那個

❶

A Eh, Maria anak baru itu siapa sih?　　ㄟ，Maria 那位新生是誰呀？

B Maria tuh anaknya Pak dosen.　　Maria 是教授的女兒啦！

❷

A Eh, loe lihat kartu kredit gue, gak?　　ㄟ，你有看到我的信用卡嗎？

B Tuh ada di atas meja di dalam kamarmu.　　那個呀，在你房間的桌上呀！

附錄 中文－印尼語單字表

精選學習印尼語時，一定會使用到的單字，並用注音的順序排列。就算是初學者們，也可以簡單地找到生活上所需的單字喔！

OK 繃	plester

（咖啡）杯	cangkir
不方便	tidak leluasa
不知道	tidak tahu
不需要	tidak usah
北方	utara
包裝	bungkus
包裹	bungkusan / paket
北韓	Taiwan Utara
白天	siang
白色	warna putih
白葡萄酒	anggur putih
白襯衫	kemeja putih
冰淇淋	es krim
冰塊	es(batu)
冰箱	kulkas
百貨公司	mall
奔跑	lari
抱歉	maaf
表演	show / pertunjukan
便秘	sembelit

保管（名詞）	penitipan
保管（動詞）	titip
保險	asuransi
保齡球	boling
拜訪	berkunjung
彬彬有禮的	sopan
畢業	lulus
脖子	leher
博物館	museum
博覽會	pameran
報紙	surat kabar, koran
棒球	baseball
補發	penerbitan vlang
標示	menandai
辦公室	kantor
幫忙	membantu / menolong
繃帶	pembalut luka / perban
寶石	permata

扒手	pencopet
皮包	tas
皮膚	kulit
皮鞋	sepatu kulit
拍手	tepuk tangan
拍攝	memotret / syuting
朋友	teman
爬山	mendaki gunung

泡菜	kimchi	妹妹	adik perempuan
泡麵（印尼泡麵）	super mie / (indo mie)	明天	besok
便宜	murah	明亮的	terang
派對	pesta	明信片	kartu pos
胖的	gemuk	門	pintu
旁邊	sebelah	美金	dolar
啤酒	bir	美容院	salon
排球	bola voli	美術館	gedung kesenian / galeri
瓶裝啤酒	bir botol	美麗的	indah
票	tiket	苗條	langsing
貧困的	miskin	面紙	Tisu wajah
普通信件	pos biasa	秘書	sekretaris
葡萄	anggur	脈搏	urat nadi
葡萄酒	minuman anggur / wine	馬	kuda
鼻子	hidung	馬上	segera
盤子	piring	馬鈴薯	kentang
螃蟹	kepiting	梅毒	sipilis
		帽子	topi
		棉	kapas
		貿易	perdagangan
		貿易公司	perusahaan perdagangan
		媽媽	ibu
		滿足	puas
		模樣	penampilan
		貓	kucing
		麵包	roti

（洗臉的）毛巾	handuk muka
民俗舞蹈	tarian-tradisional
目的地	tempat tujuan
名字	nama
米飯	nasi
免稅店	toko bebas pajak / duty free shop
沒有	tidak ada
沒花紋的	polos
牡蠣	tiram

分開	berpisah
夫人	istri
方便的	leluasa
夫婦	suami-istri
父親	ayah
妨礙	menghambat
房間	kamar
服務	pelayanan / servis
服務生	pelayan
服務費	biaya pelayanan
服裝	pakaian
法律	hukum
肥皂	sabun
非常	sangat
風	angin
飛機	pesawat
富裕	kaya
發生	terjadi
發燒	demam
費用	ongkos / biaya
飯	nasi
飯店	hotel
煩人的	merepotkan
腹痛	sakit perut
腹瀉	diare
腐壞	busuk
翻炒	(meng)goreng

刀子	pisau
大使館	Kedutaan Besar
大的	besar
大略	kira-kira
大減價	obral
大象	gajah
大概	mungkin / kora-kira
大學	universitas
大嬸	bibi / tante
大廳	lobi
冬天	musim dingin
打針	suntik
丟掉	hilang
地下室	bawah tanah
多少	berapa
地瓜	ubi
地球	bumi
地圖	peta
多數	banyak
低血壓	tekanan darah rendah
低矮	rendah
兌幣所	Tempat penukaran uang
肚子	perut
肚子餓	lapar
豆子	kacang
到達	tiba
底片	film

店家	toko		獨自	sendiri
東方	timur		點餐	memesan / pesan
東西	barang			
待機室	ruang tunggu			
島嶼	selat			
動物	binatang			
動物園	kebun binatang			
蛋糕	kue tar			
都市	kota		天氣	cuaca
釣魚	memancing		天藍色	warna biru
單人房	single room / kamar untuk satu orang		同意	setuju
			托盤	nampan
單行道	jalan satu arah		突然	tiba-tiba
登記	check in		特別的	istimewa
登機口	pintu boarding		特快車	kereta api-ekspres
短	pendek		特產	barang tradisional
等待	tunggu		疼痛的	sakit
搭乘	naik		逃生口	pintu darurat
道歉	permintaan maaf		逃生梯	tangga darurat
電子產品	barang elektronik		退房	check out
電風扇	kipas angin		停留	menginap
電梯	lift		推	dorong
電視	TV / televisi		條紋	garis-garis
電腦	komputer		甜的	manis
電話	telepon		甜點	hidangan pencuci mulut / dessert
電話號碼	nomor telepon			
電影	film		脫下	buka (baju)
電影院	bioskop		通話	menelepon
賭場	kasino		通過	melalui
導引、資訊	informasi		陶藝品	barang tembikar
導遊	pemandu wisata		毯子	selimut
擔心	khawatir		湯	sup

湯匙	sendok	男人	pria
叉子	garpu	那個	itu
塔	menara / tugu	南方	selatan
跳舞	menari / berdansa	南瓜	labu
圖書館	perpustakaan	南韓	Taiwan salatan
腿	kaki	鈕扣	kancing
銅板	tembaga	暖室	konservatori
調味料	bumbu masak	農夫	petani
躺	berbaring	鬧區	pusat kota
糖	gula	檸檬水	lemonade / air lemon
頭	kepala		
頭痛	sakit kepala		
頭髮	rambut		
聽	mendengar		
體溫	suhu badan		

女兒	anak perempuan
女朋友	kekasih / pacar
女職員	pegawai perempuan
內科	klinik penyakit dalam
牛奶	susu
牛肉	daging sapi
牛排	steak / bistik
牛腩	sirloin
年紀	umur
年輕	muda

令人煩躁的	mengganggu
老虎	harimau
老師	guru
冷	dingin
來	datang
律師	pengacara
旅行	perjalanan / wisata
旅遊書	buku panduan untuk wisatawan / turis
旅館	losmen / motel
涼的	sejuk
理解	mengerti
勞動	tenaga kerja
落下	turun
路邊小吃	warung

零錢	receh	更加	lebih
綠色	warna hijau	更換	menukar
辣椒	cabai / cabe	改變	mengubah
辣椒醬（印尼式）	sambal	刮鬍子	cukur
領帶	dasi	姑姑	bibi / tante
歷史	sejarah	果汁	jus
臉	muka, wajah	果醬	selai
聯絡簿	nomor telepon	狗	anjing
禮物（贈品）	hadiah	故意的	sengaja
離開	meninggalkan	剛剛	barusan
懶惰的	malas	哥哥	kakak laki-laki
籃子	keranjang	宮殿	istana
籃球	bola basket	高血壓	tekanan darah tinggi
囉嗦（雅加達俗語）	bawel / cerewet	骨折	patah tulang
		高的	tinggi
		高爾夫球	golf
		高興的	senang
		骨頭	tulang
		乾杯！	cheers!
		乾淨的	bersih
		國民	rakyat
		國家公園	taman nasional

工藝品	barang kerajinan-tangan	國際電話	telepon internasional
公尺	meter	掛號信	surat tercatat
公共電話	telepon umum	桿子	lever / hati
公車	bus	港口	pelabuhan
公里	kilometer	貴重物品	barang yang berharga
公車站	tempat pemberhentian bus	感到	merasa
公車站	halte bus	感冒	flu
公車票	karcis bus	感染	infeksi
公務員	pegawai negeri	感動	terharu
公園	taman	幹部	kader
告訴	memberitahukan		

感激的	mengesankan
感應卡	kunci kartu
感覺	perasaan
歌手	penyanyi
歌詞	Lirik (Lagu)
廣播	radio
廣闊的	luas
購物中心	pusat perbelanjaan / shopping center
購買	membeli
鮭魚	salmon
關上	tutup
關係	hubungan
顧客	pelanggan
觀光巴士	bus pariwisata
觀光地	tempat pariwisata
觀摩	tur
觀賞	menonton

可以	bisa
卡拉OK	karaoke
可樂	cola
考慮	berpikir
困難的	susah
快速的	cepat
快點	cepat-cepat
咖啡	kopi

咖啡廳	kafe / cafe / kedai kopi
空中小姐	pramugari
咳嗽	batuk
客房	kamar
客套話	basa basi
看	melihat
苦（味）	pahit
哭泣	menangis
開始放假	mulai berlibur
開會	rapat
筷子	sumpit
寬的	lebar
褲子	celana
懇切地	tulus
礦泉水	air mineral

化妝品	kosmetik
化妝室	kamar kecil / WC
火車	kereta api
火車站	stasiun-kereta api
回來	kembali
回答	menjawab
好吃的	enak
好運的	keberuntungan
呼叫鈕	tombol panggilan
花	bunga

花生	kacang (tanah)	壞的	buruk
厚的	tebal	護士	perawat
後天	lusa		
後面	belakang		
紅色	warna merah		

紅利	bonus		
紅茶	teh tarik		
紅葡萄酒	anggur merah		
海產	sea food		
海濱	tepi laut	今天	hari ini
海邊	pantai	今年	tahun ini
海關	kantor bea cukai	加油站	pom bensin
混亂的	kacau	叫喊	panggil
貨運費	ongkos-pengangkutan	交通	lalu lintas
喝	minum	江河	sungai
換錢	penukaran mata	戒指	cincin
湖	danau	技術	kepandaian / skill
猴子	monyet	決定	keputusan
畫	Lukisan	姐姐	kakak perempuan
畫家	pelukis	居住	tinggal
畫像	potret	季節	musim
黑白	hitam putih	拒絕	menolak
黃色	warna kuning	金	emas
黑色	warna hitam	近	dekat
匯率	kurs	建設	konstruksi / pembangunan
滑稽	lucu	建造	membangun
話語	percakapan	建築物	gedung
漢字	huruf China (Cina)	紀念	perayaan-peringatan
漢堡	burger	紀念品	oleh-oleh / cenderamata
緩慢的	lambat	紀錄	rekor
台灣	Taiwan	計程車	taksi
台灣人	orang Taiwan	計程車費	ongkos taksi / tarif taksi

中文	Indonesian	中文	Indonesian
降落	mendarat	餃子	pangsit
借	pinjam	價格	harga
家庭	keluarga	價格表	daftar harga
家庭主婦	ibu rumah tangga	價錢	harga
家族	keluarga	駕照	SIM(Surat Izin Mengemudi)
疾病	penyakit	駕駛人	sopir / supir
記者	wartawan / jurnalis	機票	tiket pesawat
酒	minuman keras	機場	bandara
酒吧	bar	機會	kesempatan
酒類	minuman keras	舉行	menyelenggarakan
剪刀	gunting	簡單	mudah
基本費用	tarif dasar	簡單	gampang
寄送	kirim	雞肉	daging ayam
寄宿	penginapan	雞尾酒	cocktail
救生圈	pelampung	醬油	kecap
教育	pendidikan	雞蛋	telur
接受	menerima	鏡子	cermin
教會	gereja	警戒	peringatan
教導	mengajar	警察局	kantor polisi
救護車	ambulan		
接聽者付費電話	collect call		
景色	pemandangan		
結婚	menikah		
結帳	menghitung (bayar)		
結帳處	kasir		
進來	masuk		
禁帶物品	barang yang dilarang untuk dibawa	去年	tahun yang lalu
禁菸區	area bebas rokok	巧克力	coklat
節日	hari raya	全部	semua
經理	manajer	汽車	mobil
經過	melewati	汽油	bensin
腳踏車	sepeda	汽艇	perahu motor

取消	batal	小偷	pencuri
妻子	istri	小費	tip
奇怪的	aneh	心	Hati
前台	front desk / resepsionis	休息	Istisahat
秋天	musim gugur	休息室	ruang istirahat
氣氛	suasana / mood	行李	bagasi
氣溫	suhu	行李牌	tanda bagasi
起飛	mengudara / lepas landas	行走	berjalan
強度	kekuatan	血型	golongan darah
清真寺	masijd	血壓	tekanan darah
裙子	rok	西方	barat
慶典	pesta / festival	西瓜	semangka
確實地	yang sebenarnya	西餐	makanan barat
確認	konfirmasi	吸菸區	area merokok
橋	jembatan	邪惡的	jahat
親近的	ramah	辛辣的	pedas
親戚	saudara	信	surat
錢	uang	信用卡	kartu kredit
錢包	dompet	星期五	hari Jumat
謙遜的	rendah hati	洗髮精	shampo
簽證	visa	相片	foto

T

相同的	sama
相似的	mirip
相機	kamera
香水	parfum
香菸	rokok
香蕉	pisang
夏天	musim panas
下方	bawah	狹小的	sempit
下午（3～4點左右）	sore	消化不良	pencernaan tidak lancar
小冊子	brosur	笑	tertawa
小的	kecil	現在	sekarang

239

現金	(uang) tunai	主要的	pokok / utama
雪	salju	正確的	benar
雪碧	sprite	住宿	penginapan
喜歡	suka	住宿費	ongkos penginapan / tarif
尋找	mencari	kamar	
稀少	langkah	折扣	diskon / obral
鄉村料理	makanan lokal	注意	memperhatikan
閒暇	santai	直行公車	bus langsung
項鍊	kalung	指甲刀	pemotong kuku
詢問	tanya	指定席	tempat duduk yang-sudah ditetapkan
靴子	sepatu bot		
需要	perlu	珍珠	mutiara
蝦	udang	展示場	tempat eksbisi / tempat pameran
鞋子	sepatu		
學生	pelajar	桌球	tenis meja
學校	sekolah	紙	kertas
學習	belajar	追加費用	ongkos tambahan
興趣	hobi	針	jarum
鹹	asin	帳單	bon
攜帶物品	barang bawaan	這個	ini
		這裡	sini
		植物園	kebun botani
		準備	bersiap
		嶄新的	baru
		製作	membuat / memproduksi
		豬肉	daging babi
		整天	sepanjang hari
		職員	staf / petugas / pegawai
		職業	pekerjaan
丈夫	suami	轉角	persimpangan / perempatan
中午	siang	鎮痛劑	penawar sakit
中國菜	masakan China(Cina)		
中間	tengah		
主人	pemilik		

尺寸	ukuran
充滿	penuh
出口	pintu keluar
出來	keluar
出售	menjual
出發	berangkat
吃	makan
吃飯	makan
吃飯（早餐）	sarapan
吃飽了	kenyang
成人	dewasa
床	tempat tidur
沉重的	berat
車	mobil
車站	stasiun
車費	ongkos
車費	ongkos transportasi
初次	pertama kali
抽菸	merokok
長期的	jangka panjang
穿	memakai
唇膏	lipstik / pewarna bi bir
茶	teh
唱歌	menyanyi
船	kapal
處方箋	resep
窗邊	sebelah jendela

超市	supermarket
鈔票	uang kertas
嘗試	mencicipi
齒科	klinik

山	gunung
上方	atas
什麼	apa
水	air
手帕	sapu tangan
水果	buah-buahan
手指	jari
水梨	buah pear / pir
手提包	tas tangan
手提包	tas tangan
水蜜桃	buah persik
手機	telepon selurar handphone / telepon genggam
手錶	jam tangan
世界	dunia
市中心	pusat kota
市區公車	bus kota
市區觀光	tur dalam kota
市場	pasar
生日	hari ulang tahun
申告	laporan

生活	kehidupan
生產	memproduksi
申請、拜託	aplikasi / permohonan
收據	nota
身高	tinggi badan
身體	badan
使用中	sedang dipakai
使用說明書	instruksi pemakaian / petunjuk pemakaian
事故	kecelakaan
事情	masalah
事業	bisnis
受不了	tidak bisa menerima
受傷	terluka
社會	masyarakat
食物	makanan
食物中毒	keracunan makanan
首爾	Seoul
時間	jam
書店	toko buku
書籍	buku
衰老的	tua
商人	pedagang
商店	toko
售票處	loket
深的	dalam
蛇	ular
稅金	pajak
睡衣	piyama
睡覺	tidur
說明	menerangkan
說話	berbicara

瘦的	kurus
蔬菜	sayur-sayuran
誰	siapa
樹	pohon
樹枝	ranting
濕紙巾	Tisu basah / kain basah
薯條	kentang goreng
雙人房	twin room

入口	pintu masuk
入場票	karcis masuk
入場券	tiket masuk
入境許可證	kartu tanda masuk
日期	tanggal
肉	daging
乳液	lotion

左邊	sebelah kiri
再次	lagi
在・・・裡面	dalam

字典	kamus
早上	pagi
早晨	subuh
早餐	makan pagi / sarapan
作業員	operator
坐	duduk
走	pergi
足球	sepak bola
怎麼辦	bagaimana
昨天	kemarin
座位	tempat duduk
租車公司	perusahaan sewa mobil
最…	ter~
最～	paling
嘴	mulut
總統	presiden
雜誌	majalah
髒亂的	kotor

擦拭	menghapus

三明治	sandwich
寺廟	candi
死亡	meninggal
扇子、電扇	kipas angin
宿舍	asrama / kos
掃帚	beres-beres
速食	fast food
絲綢	sutera
塞車（交通）	macet
搜尋	mencari
蒜頭	bawang putih

草莓	stroberi
粗的	kasar
菜單	menu
醋	cuka
操心	kahwatir
餐巾紙	serbet / napkin
餐廳	restoran, rumah makan

鱷魚皮	kulit buaya

愛人	pacar
愛情	cinta

熬煮	merebus

安全帶	sabuk pengaman
按摩	pijat

昂貴的	mahal

耳朵	telinga
耳環	anting-anting
兒子	anak laki-laki

一千	seribu
一半	setengah
一百	seratus
一起	bersama-sama
一點點	sedikit
已婚	sudah menikah
牙刷	sikat gigi
牙痛	sakit gigi
牙膏	pasta gigi / odol
右邊	sebelah kanan
有	ada
有人氣的	laris
有名的	terkenal
有耐性的	sabar
有趣的	menarik
羊肉	daging kambing
衣服	pakaian

夜晚	malam	藥	obat
油	minyak	藥局	apotek
炎熱的	panas	鹽	garam
洋蔥	bawang bombai	鑰匙	kunci
英文	bahasa Inggris		
英哩	mil		
音樂	musik		
音樂劇	drama musikal		
眼睛	mata		
椅子	kursi		
游泳池	kolam renang		
菸灰缸	asbak	午餐	makan siang
郵局	kantor pos	外國人	orang asing
郵票	perangko	未婚	belum menikah
郵輪	kapal penumpang	我	aku
飲料	minuman	我們 kami（不包含聽話者）	kami
腰	pinggang	我們 kita（包含聽話者）	kita
遊艇	kapal pesiar	忘記	lupa
演員	bintang film	味道	rasa
演唱會	konser	往生	meninggal
銀	perak	玩	bermain
銀行	bank	玩具店	toko mainan
遙遠的	jauh	偉大的	Hebat
影像	patung	偽造品	barang palsu
樣品	contoh	晚上	malam
遺失	kehilangan	晚餐	makan malam
遺失物	barang hilang	握手	bersalaman
遺物	peninggalan	無禮的（俗語）	kurang ajar
嬰兒	anak	溫度	suhu
醫生	dokter	溫暖的	hangat
醫院	rumah sakit	碗盤	piring
顏色	warna	萬一	kalau (tak terduga)

舞台	panggung
舞蹈	tarian
舞廳	diskotik / club malam
鮪魚	tuna
襪子	kaos kaki

月台	ruang tunggu / peron
月亮	bulan
羽毛球	bulu tangkis
雨	hujan
雨傘	payung
約定	janji
原子筆	pulpen
浴巾	handuk mandi
浴室	kamar mandi
越過	melewati
雲	awan
暈車	mabuk kendaraan
暈機症（頭痛）	pusing
運動	berolahraga
預約	mesan / pesan
預售品	AC
預購	pre-order
語言	bahasa
閱讀	membaca (buku)

國家圖書館出版品預行編目資料

我的第一本印尼語課本／Lee, Joo-yeon 著.
--初版.-- 新北市：國際學村, 2014.03
　　面；　　公分
ISBN 978-986-6077-73-9 （平裝）

1.印尼語　2.讀本

803.9118　　　　　　　　　　　　102024697

 臺灣廣廈出版集團
Taiwan Mansion Books Group

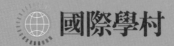 國際學村

我的第一本印尼語課本

作者	Lee, Joo-yeon
譯者	姜奕如
審定&監修	魏愛妮、Yulius william
出版者	台灣廣廈出版集團
	國際學村出版
發行人／社長	江媛珍
地址	23586 新北市中和區中山路二段359巷7號2樓
電話	886-2-2225-5777
傳真	886-2-2225-8052
電子信箱	TaiwanMansion@booknews.com.tw
總編輯	伍峻宏
執行編輯	王文強
美術編輯	許芳莉
製版／印刷／裝訂	東豪／弼聖／明和
法律顧問	第一國際法律事務所　余淑杏律師
	北辰著作權事務所　蕭雄淋律師
代理印務及圖書總經銷	知遠文化事業有限公司
地址	22203 新北市深坑區北深路三段155巷25號5樓
訂書電話	886-2-2664-8800
訂書傳真	886-2-2664-0490
港澳地區經銷	和平圖書有限公司
地址	香港柴灣嘉業街12號白樂門大廈17樓
電話	852-2804-6687
傳真	852-2804-6409
出版日期	2024年3月13刷
郵撥帳號	18788328
郵撥戶名	台灣廣廈有聲圖書有限公司

（※單次購書金額未達1000元，請另付70元郵資。）